CALENDAR GIRL

Avril

Édition originale publiée par Audrey Carlan

Ouvrage dirigé par Bénita Rolland
Traduit par Robyn Stella Bligh
Photo de couverture © GettyImages
Couverture : Raphaëlle Faguer

Pour la présente édition
© 2017, Hugo et Compagnie
34/36, rue La Pérouse
75116 - Paris
www.hugoetcie.fr

ISBN : 9782755629156
Dépôt légal : avril 2017
Imprimé en France par Corlet Imprimeur S.A.
N° d'imprimeur : 186479

NEW ROMANCE®

AUDREY CARLAN

CALENDAR GIRL

Avril

Roman

Traduit de l'américain
par Robyn Stella Bligh

Hugo Roman

CHAPITRE PREMIER

– Salut, Beauté.

Ce sont les premiers mots qui sortent de sa bouche – qui, au passage, est terriblement sexy. Dommage que ses paroles et la façon dont ses yeux me reluquent des pieds à la tête me fassent bouillir... de rage. Adossé à sa limousine, Mason Murphy porte des lunettes de soleil d'aviateur, ses cheveux sont châtain foncé avec des reflets roux, et son sourire en coin fait sans doute fondre les culottes de ses fans. Heureusement pour moi, je suis désormais habituée à être entourée de mecs canon.

Je lui tends la main, et il m'étudie en remontant ses lunettes sur sa tête, révélant de magnifiques yeux verts.

– Quoi, tu m'embrasses pas ?

Je le dévisage en fronçant les sourcils et en croisant les bras.

– Tu es sérieux ? C'est ça, ton plan drague ?

Il enlève ses lunettes et mordille une branche en me matant de nouveau des pieds à la tête.

– Cette fougue ! J'aime les nanas coriaces.

Je cligne plusieurs fois des yeux pour m'assurer que je ne rêve pas. Peut-être le somnifère que j'ai pris avant de décoller fait-il encore effet. Je suis toujours sur les nerfs quand je prends l'avion, mais ce n'est rien à côté de ce que je ressens maintenant.

Il écarquille les yeux et sourit jusqu'aux oreilles. Il a vraiment un très beau visage, des pommettes hautes, un petit creux dans le menton, des yeux étincelants et diaboliques. Il fait un pas vers moi, passe un bras autour de mon cou et m'embrasse sur la tempe, pendant que je me retiens de ne pas lui en coller une.

– Tu vas enlever ton bras et reculer. Tu as oublié tes bonnes manières ou quoi ?

Mason ancre fermement ses pieds dans le sol et approche son visage comme pour me confier un secret.

– Je sais ce que tu fais et ça me va parfaitement. J'en suis ravi, même. On va beaucoup s'amuser, toi et moi.

Je pose ma main entre ses pectoraux et le pousse pour éloigner son visage du mien. Reprenons à zéro.

– Écoutez, Monsieur Murphy...

– Monsieur Murphy ? Hmmm, ça me plaît.

J'inspire lentement et je serre la mâchoire. Ce type est insupportable.

– Ce que j'essayais de dire avant que vous ne m'interrompiez, c'est que vous faites erreur à mon sujet. Je suis une escort, ce qui signifie que je dois vous accompagner à divers événements publics et que je vous tiendrai compagnie de manière amicale.

Il se rapproche de nouveau, saisit mes hanches et les plaque contre les siennes.

– J'ai hâte qu'on soit amicaux, susurre-t-il en frottant son bassin contre le mien, me faisant sentir son érection grandissante.

Je soupire et le repousse en décidant de lâcher l'affaire.

– Contente-toi de prendre mes sacs.

C'est alors qu'il siffle son chauffeur, comme un chien, et je grimace en enlevant ses mains de mes hanches.

– T'en fais pas, Bébé, tu t'habitueras tôt ou tard, dit Mason.

Je lève les yeux au ciel et j'ouvre moi-même la portière pour me faufiler à l'intérieur. Il me suit et, une fois installé en face de moi, frappe dans ses mains.

– Tu veux un petit remontant ?

J'écarquille les yeux.

– Il n'est même pas midi !

– Il est midi quelque part dans le monde, lance-t-il en me faisant un clin d'œil.

Il ouvre le minibar et en sort une bouteille de champagne en se léchant les lèvres. Mon corps réagit instantanément, je ressens des fourmillements entre les jambes. Je secoue la tête et croise les cuisses. Ce type est un enfoiré, mais je ne peux pas nier que c'est un très bel enfoiré. Mason Murphy doit mesurer un mètre quatre-vingts et quelques, et son corps mérite toutes les unes de magazines qu'il a déjà faites. Les muscles de ses biceps sont délicieusement gonflés sous sa chemise et ses quadriceps grossissent quand il coince la bouteille entre ses cuisses pour faire sauter le bouchon.

– Maintenant, ma douce, mettons une ou deux choses au clair, annonce-t-il.

J'écarquille les yeux en haussant sévèrement les sourcils. Il me tend une coupe de champagne et, même s'il n'est que dix heures du matin, je décide de la prendre en espérant qu'elle me détende un peu.

– Tu es ici pour être ma petite amie. Donc, si nous voulons que mes fans, mes sponsors potentiels et les médias y croient, toi et moi allons devoir être très amicaux, et vite. Et à te regarder...

Il se lèche de nouveau les lèvres en promenant ses yeux de mes bottes jusqu'à mes seins. Quel porc !

– ... je vais adorer.

Ce mec ne va pas être facile. Il est arrogant, sexy, hyper-agaçant, cochon, bougrement sexy et immature. J'ai oublié quelque chose ? Ah oui, il est terriblement sexy.

Il recule dans son siège, sourit et boit sa coupe cul sec. Il est hors de question que ce gamin ait le dernier mot, alors je décide d'en faire de même et de vider mon champagne. Il hausse les sourcils et ses yeux étincellent d'approbation.

Je m'avance vers lui, saisis la bouteille pour me resservir un verre, puis je lui fais signe de lever le sien.

– Ok. Écoute-moi bien parce que je ne le répéterai pas, dis-je en remplissant sa coupe et en le fusillant du regard. J'ai peut-être été embauchée pour jouer le rôle de ta petite amie pendant un mois, mais je ne suis pas ta pute. Coucher avec toi est une option, et ce n'est pas dans mon contrat. Tu aurais dû le lire correctement, mon pote, parce que tu es sur le point de vivre un mois d'abstinence.

Il me regarde bouche bée, les yeux ronds.

– Tu te fous de ma gueule ?

– Pas du tout. Va falloir t'habituer à passer du temps avec ta main, parce que si la presse te voit au bras d'une des pimbêches qui sont prêtes à vendre leur mère pour une nuit avec toi, elle saura que notre histoire n'est qu'une mascarade, et les cent mille dollars que tu as payés pour m'avoir n'auront servi à rien. J'imagine que tes sponsors n'aimeraient pas que tu n'arrives pas à garder ta nouvelle copine plus d'un jour. Ah, et souviens-toi que mon salaire n'est pas remboursable.

Je recule dans mon siège, croise les bras et sirote mon champagne, laissant les bulles danser sur ma langue et chatouiller mes sens.

Mason me dévisage d'un air confus.

– Alors, qu'est-ce que tu proposes, ma douce ?

– D'abord, arrête de m'appeler ma douce.

– Je ne peux pas avoir un surnom affectueux pour ma copine ?

– Peut-être, mais ta façon de le dire te donne l'air plouc.

Mason éclate de rire, ce qui détend soudain l'atmosphère. Peut-être que si j'entends son rire tous les jours, le mois à venir ne sera pas si affreux. Il se lèche les lèvres et je sens mon entrejambe mouiller de plus belle en imaginant sa bouche entre mes cuisses. J'ordonne mentalement à ma libido de se calmer. Depuis ma folle nuit avec Wes, il y a deux semaines, je suis plus chaude que jamais, or, je n'ai pas la moindre chance d'assouvir mes envies. Comme il est hors de question que mon nouveau client devienne un compagnon de chambre, il semblerait que je doive, moi aussi, accepter un mois d'abstinence. Merde.

Je finis par lui dire :

– Écoute, ce n'est pas grave, laisse tomber. Je crois qu'on devrait apprendre à mieux se connaître. Parle-moi un peu de toi.

Il pose une immense main sur son genou et regarde par la fenêtre.

– Il n'y a pas grand-chose à dire. Ma famille est irlandaise. Mon père est éboueur alors que je lui ai dit qu'avec mon salaire il n'avait plus besoin de travailler, mais il refuse d'arrêter. Il est trop fier et trop têtu.

– Il m'a l'air d'être quelqu'un de bien.

Contrairement à mon propre père. Je regrette immédiatement cette pensée car, techniquement, ce n'est pas vrai. Il a fait du mieux qu'il pouvait étant donné les circonstances. Il s'est effondré lorsque ma mère l'a quitté, certes, mais personne n'est réellement équipé pour supporter la perte de l'amour de sa vie.

Mason sourit, révélant des dents blanches et une canine juste assez tordue pour donner du caractère à son sourire.

– Mon père est génial, mais il travaille trop. Il a toujours bossé comme un malade pour nous nourrir, mes frères et moi.

– Tu as combien de frères ?

Il lève trois doigts tout en avalant une gorgée de champagne.

– Mes frères sont complètement tarés, mais je les adore. Ils vont adorer que je cohabite avec une nana aussi bonne que toi.

Et revoilà l'enfoiré. Je secoue la tête et je respire lentement.

– Ok, trois frères. Plus jeunes ou plus vieux ?

– Plus jeunes. Brayden a vingt et un ans, Conner dix-neuf et Shaun dix-sept. Il est encore au lycée.

– Waouh, quatre garçons, dis-je en posant mon verre vide.

– Ouais. Brayden est barman le soir et il va à la fac la journée. Il a engrossé une nana juste après le lycée. Cette garce lui a laissé le gamin et elle s'est barrée.

Je le dévisage, bouche bée. Comment une femme peut-elle abandonner son propre enfant ? Cela dit, c'est précisément ce qu'a fait ma mère. Toutefois, entendre que c'est arrivé à un autre gamin me met hors de moi.

– Du coup, Bray habite avec papa et sa fille, Eleanor.

– C'est vieux jeu comme prénom, non ?

– Ouais, dit-il en regardant par la fenêtre. C'était le prénom de maman. Elle est morte il y a dix ans d'un cancer du sein. Donc, ça fait longtemps qu'on n'est qu'entre mecs.

Je me penche un peu pour poser ma main sur son genou.

– Je suis désolée. Je ne savais pas.

– C'était il y a longtemps... Bref. Connor est à l'université de Boston et Shaun passe ses journées à fourrer ses doigts dans des minous d'adolescentes.

Je pousse un grognement dégoûté.

– Quoi ?

– Rien.

À quoi bon lui expliquer que je me serais volontiers passée de cette dernière information ?

– Alors, quels sponsors et quelles pubs tu vises ? je demande.

* * *

Lorsque nous arrivons chez lui, je suis surprise d'être accueillie par une belle blonde un peu trop maigre. Je considère que j'ai un poids plutôt normal pour une femme de mon âge, or celle-ci est taillée comme un mannequin. Elle ressemble un peu trop à une Barbie, à mon goût : ses cheveux blond platine sont attachés dans un chignon parfait, ses yeux bleus sont étincelants, sa bouche rose, son tailleur noir impeccable. Elle respire le fric et l'efficacité, mais sa façon de regarder Mason est loin d'être professionnelle.

– Euh, Monsieur Murphy, commence-t-elle avant de bouder lorsqu'il passe devant elle sans un regard.

Je m'arrête sur la marche devant Barbie, et lorsqu'elle cesse enfin de mater le cul de Mason, elle daigne tourner la tête vers moi.

– Chéri, cette jolie blonde essaie d'attirer ton attention, dis-je à mon client sans quitter l'autre femme des yeux. Et tu as oublié mes valises, enfoiré, je marmonne à voix basse.

– Je vous demande pardon ? dit-elle en tendant l'oreille.

– Je suis Mia Saunders, la petite amie de Mason.

La blonde ferme les yeux et inspire lentement comme pour se calmer.

– Je sais qui vous êtes, Mia, c'est mon équipe et moi qui lui avons suggéré de vous embaucher. Je suis Rachel Denton, sa chargée de relations presse. Je vais travailler avec vous pour vous aider à convaincre le public que vous êtes ensemble. Normalement, ce serait le rôle de son agent, mais je me suis proposée de le remplacer, explique-t-elle en se mordant la lèvre.

– Dans ce cas, nous nous serrerons les coudes, il a un sacré caractère, je réponds en souriant.

C'est alors que Mason apparaît de nouveau à la porte.

– Tu t'es perdue, Beauté ? demande-t-il d'une voix moqueuse.

Je lève les yeux au ciel et saisis Rachel par l'épaule pour l'attirer à mes côtés.

Mason semble la remarquer pour la première fois – et quand je dis remarquer, je veux dire de la tête aux pieds... deux fois.

– Rachel, qu'est-ce que tu fais là ? Je croyais que c'était Val qui devait bosser avec nous ?

Elle secoue la tête en rougissant.

– Non, Val est super-occupé avec les sponsors et les pubs.

– Ok. Je ne peux pas dire qu'il va me manquer, répond-il simplement.

Soudain, cette femme à l'attitude si sérieuse se met à glousser en réaction à la réponse de Mason. Quant à lui, son regard semble s'adoucir en la regardant. Il ouvre la porte et nous invite toutes deux à entrer.

– Euh, mes valises ?

– Ah oui.

Il s'arrête, regarde Rachel, fait un pas en arrière et se cogne à la porte, puis il sourit bêtement.

– Je vais juste... euh... chercher les sacs, dit-il enfin.

Je regarde partir ce pervers trop confiant qui semble se liquéfier en présence de Barbie. Quant à elle, je ne peux pas dire qu'elle masque mieux l'intérêt qu'elle porte à son client. Ses joues sont rosées et elle se mord toujours la lèvre.

– Tu le kiffes ? je lui demande en désignant Mason.

Elle hoche la tête en silence avant d'écarquiller les yeux.

– Non ! Quoi ? Tu te trompes ! Notre relation est purement professionnelle, s'empresse-t-elle de dire.

Elle croise fermement les bras, mais je ne peux m'empêcher de rire.

– Si tu le dis...

Et j'entre dans la maison. Je creuserai cette histoire plus tard, histoire de m'occuper un peu. Si je dois faire vœu d'abstinence pendant un mois, autant m'amuser, non ?

Mason largue mes affaires dans le hall d'entrée de sa maison typiquement bostonienne. Dans le centre du salon se trouve un canapé en cuir noir, et en face, suspendu au mur, il y a un énorme écran plat, entouré de maillots de base-ball signés et encadrés. Apparemment, il prend soin des choses auxquelles il tient. Peut-être Mason Murphy a-t-il deux faces. En tout cas, je l'espère, si je dois passer un mois à faire semblant d'être sa copine.

– Alors, qu'est-ce qui t'amènes ici, Rach ? demande-t-il.

Rach. Il a raccourci son prénom. Seuls les gens qui se connaissent bien ou qui sont intimes se donnent des surnoms.

Elle s'assied sur le canapé et croise les jambes, faisant remonter sa jupe sur ses cuisses, ce que Mason ne manque pas de remarquer. Je ricane, mais aucun des deux ne semble m'avoir entendue. D'ailleurs, ils ont l'air d'avoir oublié que je suis là.

– Je voulais juste m'assurer que vous étiez tous les deux prêts pour demain. Ce sera votre première apparition en public en tant que...

Elle se racle la gorge et remet une mèche derrière son oreille. Celle-ci refuse d'y rester et retombe sur sa joue, sous le regard fasciné de Mason qui semble vouloir la toucher ou caresser sa joue.

– ... euh, en tant que couple. Il faut que ce soit réaliste, que vous vous teniez la main, que vous vous touchiez, que vous souriiez... euh... que vous vous embrassiez, ajoute-t-elle en se raclant la gorge. Est-ce que ça vous pose un problème, Mademoiselle Saunders ?

Je la regarde en écarquillant les yeux.

– Et vous, est-ce que ça vous pose un problème ? je répète d'une voix incrédule.

Ça ne fait que dix minutes que je les ai rencontrés, mais il est évident qu'ils sont fous l'un de l'autre. Pourquoi font-ils semblant, bon sang ?

Rachel recule comme si je venais de la gifler.

– Je vous demande pardon ? Pourquoi ça me poserait problème ?

– Vous êtes sérieuse ? je rétorque en secouant la tête.

– Je crois que Mia veut savoir si les démonstrations d'affection en public posent problème aux sponsors ou à l'agence, intervient Mason.

Non, ce n'est pas du tout ce que je demande. Sur quelle planète ai-je atterri en descendant de cet avion ? Je soupire et décide de jouer leur jeu jusqu'à ce que je comprenne leur véritable relation.

– Ouais, c'est ça, je réponds.

Rachel serre les dents, et je vois ses épaules se crisper.

– Notre équipe a longuement réfléchi à cette stratégie. Nous sommes conscients que c'est une approche inhabituelle, mais pour l'instant Monsieur Murphy n'a pas l'étoffe d'une idole. Il faudra, entre autres, qu'il cesse les barathons, les soirées trop alcoolisées et même ses cigarettes occasionnelles. Notre équipe pense que la horde de femmes avec qui il a été aperçu la saison dernière n'aide en rien son image, d'autant plus qu'il n'a jamais été vu deux fois avec la même. Nous sommes déterminés à changer les choses, et vous êtes la première étape, conclut-elle en me regardant.

Je regarde enfin Mason, dont les coudes sont sur ses genoux et la tête dans ses mains. Si ça, ce n'est pas une posture de défaite... Je me rapproche de lui et pose ma main dans son dos pour le caresser de haut en bas.

– Bon sang, j'ai vraiment merdé, dit-il en tournant la tête vers moi.

Je le rassure.

– On merde tous de temps en temps. Tu as bien fait d'embaucher Rachel, et ton agent pense que tu peux changer les choses. C'est déjà bien.

– Ouais, tu as peut-être raison. Alors, tu veux des démonstrations d'affection en public ? demande-t-il à Rachel, qui hoche la tête. Ça roule !

Il se tourne vers moi et me regarde d'un air déterminé.

– C'est parti !

Il pose ses mains sur mes joues, et sa bouche s'empare de la mienne. Je retiens ma respiration et ouvre la bouche par accident, ce qu'il prend pour une invitation. Ce n'en était pas une, mais lorsque sa langue au goût de champagne titille la mienne... je ne peux que lui répondre. Cela ne fait que deux semaines, mais j'ai l'impression qu'on ne m'a pas embrassée depuis des mois, et je me noie dans son parfum viril. Il plonge sa langue plus loin dans ma bouche, exigeant que je lui réponde, ce que je m'empresse de faire en agrippant sa chemise pour le tirer à moi. Je penche la tête sur le côté, exigeant plus davantage. Merde, ça ne fait pas partie du plan, ça.

Lorsque nous rompons enfin le baiser, nous sommes tous deux haletants.

– C'était bien comment, ça ? demande Mason en tournant la tête vers le fauteuil de Rachel.

Rachel n'est pas là, mais ses talons aiguilles résonnent dans le couloir.

– Rachel ? s'écrie-t-il.

– À demain ! C'était génial ! répond-elle deux secondes à peine avant que la porte d'entrée ne claque derrière elle.

Mason s'avachit dans le canapé.

– Eh merde !

– Qu'est-ce qui s'est passé ? je demande.

– J'embrassais une escort canon, pourquoi ? répond-il en me toisant du regard.

Heureusement pour moi, j'ai récemment appris qu'une attirance physique et un intérêt sincère pour un homme sont deux choses complètement différentes.

– Elle te plaît, dis-je enfin.

– Bien sûr qu'elle me plaît. Elle est sympa et je la paie bien. La situation plaît à tout le monde.

– Ce n'est pas ce que j'ai voulu dire, et tu le sais.

– Écoute, je meurs de faim et toi, tu dois défaire tes bagages. Rachel et Val t'ont acheté une tonne de fringues et tous les sacs sont sur ton lit. Je n'ai rien rangé. Ça faisait partie du deal, non ? Ça te va, de la pizza ?

Il se lève brusquement et s'éloigne avant de se raviser. Il se tourne vers moi et me tend la main.

– Merci d'avoir accepté ce boulot, dit-il en m'aidant à me lever. À moins que tu ne veuilles partager la mienne, ta chambre est au premier étage à droite.

Je secoue la tête, exaspérée, puis je tourne les talons.

– Tu as vraiment un joli petit cul, Mia, dit-il en me mettant une fessée.

Je m'arrête et me tourne vers lui en le fusillant du regard.

– Écoute, petit. Si tu ne veux pas devenir manchot, je te conseille de ne plus jamais toucher mes fesses.

Il recule face à moi, mains levées.

– Ok, d'accord. Je m'entraînais juste pour demain. Y a pas de mal, ok ?

– Ouais c'est ça, garde plutôt tes forces pour demain.

Je gravis l'escalier, contente d'avoir eu le dernier mot, mais sa réponse me parvient lorsque j'atteins le premier étage.

– Chérie, tu apprendras vite que je ne manque jamais de forces avec les femmes.

Bon sang, je ne sais pas si je vais réussir à le supporter un mois.

CHAPITRE 2

Je n'aurais jamais cru que je trouverais un jour du réconfort dans des vêtements. Pour moi, c'est un jour que je devrais marquer d'une croix sur le calendrier. J'enfile un nouveau jean ultra-moulant et un t-shirt des Red Sox et je me retiens d'appeler Tante Millie pour la remercier mille fois de m'avoir déniché ce boulot. Certes, mon lanceur de base-ball est un peu brut de décoffrage et il mériterait une bonne fessée – pas de celles que j'aime mettre au lit –, mais je suis trop heureuse que ma tenue requise soit un jean et un t-shirt pour m'attarder sur ce détail. J'enfile des Converse rouges et je me retiens de sautiller de joie.

Je me regarde dans le miroir en caressant mes fesses. Je suis satisfaite d'être toujours ferme et de ne pas avoir pris de poids depuis le début de ce job, je mets toujours du trente-huit et je suis musclée là où je le souhaite et moelleuse partout ailleurs. Apparemment, mon physique plaît puisque j'ai du boulot tous les mois. Si tout continue ainsi, j'aurai versé mes six prochains paiements à Blain d'ici la fin de l'année et je pourrai raccrocher ce job avant Noël. Cela dit, je gagne cent mille dollars par mois, avec parfois un bonus de vingt briques. Au fond, pourquoi j'aurais envie d'arrêter ?

Je coiffe mes boucles brunes en deux queues-de-cheval basses – je sais que ça plaît aux mecs comme Mason – et je parfais le tout avec une casquette de base-ball rouge. Je ne sais pourquoi, je pense soudain à Wes. Il est le seul auprès de qui j'aurais envie de m'investir. Lorsque je suis avec lui, j'ai l'impression que je ne pourrais pas vivre sans mon surfeur californien. Or, lorsque nous sommes séparés, je trouve un tas de raisons justifiant que nous ne sommes pas faits pour être ensemble – il faut croire que je suis douée pour me protéger. Toutefois, je dois avouer qu'il me manque. Deux semaines ont passé depuis que je l'ai vu. Il ne peut pas y avoir de mal à le contacter, si ?

Je sors mon téléphone et je compose son numéro. Sa ligne sonne plusieurs fois, puis une voix de femme me répond.

– Bonjour ! glousse-t-elle joyeusement.

– Euh, bonjour, je pense que j'ai dû faire un faux numéro.

Elle rit et j'entends des pas sur du parquet, puis le rire tonitruant de Wes.

– Vous appelez pour Weston ? demande-t-elle d'une voix suave que je reconnais enfin.

Gina DeLuca, une des actrices les plus belles et les plus prisées de Hollywood. Elle a le rôle principal dans le dernier film de Wes, *Honor Code*.

J'entends un bruissement au bout du fil, puis la voix amusée de Wes.

– Gina... ma belle, tu ne paies rien pour attendre ! Viens ici, poupée, dit-il.

– Désolée, mais Wes devra vous rappeler. Il est très occupé ! s'écrie-t-elle.

– Je t'ai eue ! s'exclame Wes.

Viennent ensuite des bruits de baisers, suivis par un gémissement de femme.

– Raccroche, grogne-t-il.

Gina pousse une sorte de miaulement et j'ai l'impression de me faire poignarder en plein cœur. Cependant, je ne parviens pas à raccrocher. Je suis scotchée au téléphone, comme un piéton devant un accident de voiture. Je n'ai pas le droit d'être blessée, or je suis anéantie d'entendre Wes avec une autre femme.

Est-ce que c'est ce qu'il ressent en sachant que, tous les mois, je pars vivre avec un autre homme ? Même si c'est le cas, il a dû s'en remettre, à en croire les baisers qui me parviennent.

– C'est ton téléphone, pas le mien. Tiens, c'est une meuf, dit Gina.

Wes est sur le point de comprendre qui est à l'autre bout du fil et ce que j'ai entendu, et le temps ainsi que les battements de mon cœur semblent s'arrêter.

– Merde ! jure-t-il.

– Qu'est-ce qu'il y a, Bébé ? Ok, tu as gagné. Reviens au lit, râle Gina dont la voix s'éloigne du téléphone.

– Mia, grogne Wes d'une voix torturée. Je suis désolé.

Il hésite :

– Tu... Ça n'aurait pas dû arriver.

Je secoue la tête, oubliant qu'il ne peut pas me voir. Des larmes remplissent mes yeux, mais il est hors de question que je les laisse couler. Si je les y autorise, je vais m'effondrer et je serai bien incapable de jouer le rôle de la joyeuse copine de la nouvelle star des Red Sox, Mason Murphy.

– Non, t'en fais pas. J'appelais juste pour te dire salut. Alors, salut.

– Salut, répond-il tristement. Merde, Mia. C'est pas... euh... techniquement, c'est juste... putain ! râle-t-il.

J'entends le bruit d'une porte à l'autre bout du fil, puis le chant des oiseaux. Il est sans doute sur son balcon dominant Malibu. Si j'étais là-bas avec lui, je le tiendrais par la taille et je ferais la même chose. Maintenant, il a Gina pour faire ça.

– Ça ne change rien, dit-il d'une voix étouffée.

– Ah bon ? Pour moi ça change tout, je rétorque.

– Pourquoi ça ? On est amis, non ?

– C'est vrai, on est amis.

– Cette histoire avec Gina... on ne fait que s'amuser. On se détend, c'est tout. Elle sait que je ne cherche rien de sérieux. Du moins, pas avec elle.

– Mais avec moi, oui ?

Wes expire lentement avant de répondre.

– Ça changerait quoi à la situation si je répondais sincèrement ? Je t'ai tendu la perche plusieurs fois et tu ne l'as pas saisie. On était d'accord pour mener des vies séparées jusqu'à la fin de l'année. Tu reviens sur notre promesse ?

Une larme me trahit en coulant sur ma joue.

– Non, Wes, c'est juste que... je crois que je ne m'attendais pas à ce que tu tournes la page.

– Qu'est-ce qui te fait croire que j'ai tourné la page ? Parce que je couche avec Gina ? Tu vas me dire que tu n'as pas passé le mois à coucher avec le Frenchie après m'avoir quitté ?

– Wes... je gronde.

– C'est vrai ! C'est la même chose. Mia, on n'est pas ensemble, mais tu sais que je ferais n'importe quoi pour être avec toi. Ça va te sembler cliché, mais... j'ai des besoins, moi aussi.

Je me mords la lèvre et je m'assieds sur le lit.

– Tu as raison, Wes. Je ne peux pas te demander de m'attendre alors que je ne suis pas prête à en faire de même. Mais Wes...

Ma gorge se ferme brusquement et je ne parviens pas à finir ma phrase.

– Ma chérie, dis-moi... je t'en supplie... putain, Mia, je ferais n'importe quoi pour rester dans ton cœur. Rien n'a changé.

Je sais qu'il pense ce qu'il dit, mais c'est faux. Tout a changé.

– Je ne veux pas te perdre, je réponds enfin.

– Mia, je pense à toi tout le temps. Quand tu seras prête et qu'on aura une chance d'être ensemble... on reparlera de tout ça, d'accord ?

– Ouais, ok. Mais promets-moi une chose, Wes.

– Tout ce que tu voudras, ma chérie.

– Ne m'oublie pas.

Je raccroche sans attendre sa réponse et j'éteins mon téléphone. Je n'ai pas la force de lui parler plus longtemps. J'ai un boulot à faire et, pour cela, je dois mettre de côté tous mes problèmes pour pouvoir me concentrer.

Mason Murphy, prends garde, j'arrive !

***

Je suis tout de suite envoûtée par l'odeur de hot dogs, de pop-corn et de bière. Je suis dans le stade des Red Sox et, pour une fan comme moi, c'est le paradis. Mason prend ma main et me guide dans les tunnels souterrains. Je fais de mon mieux, mais je n'arrive pas à rester calme lorsqu'il m'emmène aux vestiaires, où des mecs quasi nus et gaulés comme des dieux discutent tranquillement en se préparant pour le match. Une autre femme que moi se couvrirait sans doute les yeux, mais c'est le plus beau jour de ma vie et je reluque les joueurs un à un, comme un adolescent pervers qui mate sa voisine par la fenêtre de sa chambre.

– Eh, Junior, je te présente ma copine, dit Mason à Junior Gonzalez, le premier receveur des Boston Red Sox.

Je serre fort le biceps de Mason comme une fan hystérique et j'essaie de rester cool. Il pose sa main sur la mienne, la tapote et me regarde en me lançant un clin d'œil.

– Mon pote, dit-il, je crois que tu as une nouvelle fan.

Junior est taillé comme une armoire à glace. Son corsaire moulant s'étire sur ses cuisses énormes, et un fourmillement naît entre mes jambes. Ses cheveux sont noirs, courts et épais. Ses yeux sont marron foncé et ses dents tellement blanches qu'elles paraissent étincelantes à côté de sa peau bronzée.

– Salut ma poule, ça roule ? me demande-t-il en jouant des sourcils.

Je me laisse aller contre Mason comme une adolescente dans une comédie romantique. Les deux hommes éclatent de rire, mais c'est la bouche de Junior que je mate. Il est le meilleur receveur de l'histoire du baseball, et c'est un des plus beaux hommes sur terre.

– Tu es incroyable, je finis par bégayer.

Il me regarde des pieds à la tête, puis il sourit à son ami.

– Tu es plutôt canon, toi aussi. Tu sais, tu devrais laisser tomber ce minet et sortir avec un vrai homme.

Mason éclate de rire et je fais non de la tête alors que je rêve de me jeter dans ses bras. Si je pouvais passer une nuit avec Junior Gonzalez, je n'aurais aucun mal à oublier ma conversation avec un certain surfeur blond, qui est occupé à se taper une déesse pour laquelle tous les hommes de la planète se battraient.

– Mason m'a dit que tu... euh... que tu es avec nous pour un mois ? chuchote-t-il pour me faire comprendre qu'il connaît la véritable raison de ma présence ici.

– Ouaip, je réponds en frappant le torse de Mason.

– Eh, tout doux, rétorque ce dernier en se massant les pectoraux. Mais tu sais quoi, mec ? C'est la meuf la plus belle du service d'escorts, et elle fait la mijaurée.

Junior ferme les yeux, baisse la tête et la secoue lentement en regardant Mason d'un air dépité.

– Mec, quand est-ce que tu vas apprendre que tu ne peux pas traiter les femmes comme des objets ? Ma belle Mia, j'espère que tu vas l'éduquer à mieux se comporter, dit Junior.

– Tu peux compter sur moi !

Je lui fais un clin d'œil, puis je pousse Mason vers la sortie des vestiaires.

– Bonne chance, ricane Junior. Tu vas en avoir besoin.

– Hélas, je réponds par-dessus mon épaule, la chance n'a jamais été de mon côté par le passé, et je ne pense pas qu'elle vienne à moi maintenant !

– Pourquoi aurait-elle besoin de chance quand elle m'a, moi ? rétorque Mason en souriant.

– Allez, Chéri, viens me montrer ma place, je murmure d'une voix mielleuse en me collant contre lui.

Il passe son bras autour de mes épaules et m'embrasse sur la tempe.

***

J'ai beau être fan de ce sport depuis toujours, il y a quelque chose que je ne savais pas à propos du baseball. Il existe un club d'élite qui s'appelle le WAG – pour *Wives And Girlfriends*[1]. Comme nous sommes en retard, Mason me dépose avec les WAG et m'abandonne en me fourrant une liasse de billets dans la main. Ça lui aurait coûté moins cher de me traiter directement de prostituée, non ? Rien que pour ça, je décide de dépenser la totalité des deux cents dollars en bières, souvenirs et hot dogs.

Je trouve un siège vide et m'y installe discrètement pour ne pas me faire remarquer. Une horde de femmes parlent toutes en même temps et à la vitesse de la lumière, ce qui ne les empêche pas de me reluquer des pieds à la tête. Elles ont à peu près mon âge, certaines un peu plus, d'autres un peu moins.

1. Femmes et copines.

Je décide de tenter l'approche amicale d'abord.

– Salut, je lance avec un signe de la main. Je m'appelle Mia.

Quatre têtes se tournent dans ma direction et l'une d'entre elles, sans doute la meneuse, se penche vers moi.

– C'est toi la nana de Mason pour la soirée ?

Je fronce les sourcils en la dévisageant.

– Euh non, je reste ici un mois. J'arrive de Vegas. On est de vieux amis, mais on tente notre chance pendant un mois, pour voir si notre relation peut durer ou pas.

Une blonde, assise à deux sièges du mien, fait mine de se retenir de rire.

– *Durer ?*

– Mason n'a jamais été en couple, reprend la meneuse de la meute. C'est plutôt le genre à se taper des nanas dont il ne connaît même pas le prénom.

– Je suis sûre que les nanas savaient à quoi s'attendre, je réponds en lui montrant que je ne vais pas me laisser faire.

Une femme au visage gentil et aux cheveux blond vénitien pose sa main sur mon genou.

– Ne l'écoute pas. Elle ne connaît pas Mace. Moi si, et je sais qu'il peut s'engager s'il trouve la bonne fille, et je suis sûre que c'est toi.

Elle a le sourire et la voix d'un ange, et ses yeux chocolat sont infiniment doux.

– Je suis Mia Saunders, dis-je en lui tendant la main.

– Moi, c'est Kristine, répond-elle en la serrant. Mais tu peux m'appeler Kris. Je suis avec Junior, ajoute-t-elle en rougissant légèrement. Ça ne fait que trois mois, mais je suis dingue de lui. C'est pour ça que je connais bien Mason. Junior et lui sont comme des frères – et c'est sans compter les frères de Mason et le clan de Junior.

– Junior a une grande famille ? je demande en souriant.

– Ha ! Un peu, oui. Junior a huit frères et sœurs.

– Waouh !

J'aperçois un vendeur de hot dogs qui vient vers nous.

– Eh toi, là-bas ! Viens par ici ! Je meurs de faim. Tu veux un hot dog et une bière ?

Le visage angélique et adorable de Kris s'illumine et je comprends pourquoi elle plaît à Junior.

– Je veux bien, merci, c'est gentil. Vous voyez, les filles, Mia n'est pas une pimbêche, elle est cool ! annonce-t-elle aux autres.

– Ouais, on verra, dit la brune aux deux autres.

Je hausse les épaules.

– Peu importe. Je ne suis pas là pour elles. Je suis venue voir mon mec envoyer la pâtée ! Entre ses lancers et les réceptions de Junior... on va gagner les doigts dans le nez ! je m'exclame en levant ma main pour que Kris tape dedans.

– Mon mec est le meilleur première base du pays, dit une jolie rousse. Je m'appelle Chrissy.

– Ravie de faire ta connaissance, Chrissy.

– Et moi, je suis Morgan ! s'exclame une jeune femme aux cheveux châtains.

La meneuse du groupe marmonne dans sa barbe, clairement agacée de perdre du terrain alors que je suis accueillie chaleureusement par les WAG.

– Elle, c'est Sarah, dit Morgan en la désignant. Elle est de mauvais poil parce qu'elle et Brett, son mec, se sont engueulés à propos d'une groupie, hier soir. Brett joue en seconde base.

Je hoche la tête.

– Ah oui, il est canon, je réponds en hochant la tête. Je comprends que les groupies se jettent sur lui.

Ses épaules s'affaissent légèrement.

– Cette salope a eu le culot de s'asseoir sur ses genoux quand je suis partie aux toilettes. Il n'a rien fait... enfin, pas grand-chose. Mais il a pris ça pour un jeu et il l'a attrapée par les hanches ! s'exclame Sarah en fronçant les sourcils avant de pousser un cri étouffé.

Apparemment, il n'est pas très difficile de se faire de nouvelles amies. Pendant toutes ces années, je n'ai eu que Gin et Maddy, or à présent, j'ai Jennifer qui est enceinte à Malibu, et Angie, la sœur de Tony, enceinte elle aussi. Cette expérience est donc assez nouvelle pour moi – apparemment, il suffit de se plaindre de son mec pour faire partie de la clique. C'est noté. Je laisse donc Sarah râler et pleurer à propos de son copain qui est un connard, et à la fin du premier tour de batte, je suis devenue sa meilleure amie.

Je les fournis toutes en bières et en hot dogs, dépensant avec plaisir les deux cents dollars que j'ai empochés gratos, et je m'offre même un énorme gant en mousse rouge avec un index géant. J'en ai toujours voulu un et je décide que, dorénavant, je l'emporterai partout avec moi.

Lors du premier strike de Mason, je me lève brusquement et je hurle aussi fort que possible en agitant mon gigantesque index.

– Mason ! C'est ça, montre-leur, Bébé ! C'est mon mec, ça !

Soudain, j'entends des dizaines de cliquetis et je réalise que plusieurs photographes ont tourné leur appareil vers moi. *Show time.* Je souffle des baisers à Mason et il enlève sa casquette pour la placer sur son cœur. Bon sang, on est sacrément bons à ce petit jeu. Il l'a à peine remise qu'il évince un autre joueur de l'équipe adverse.

Durant le septième tour de batte, Mason rejoint les remplaçants sur leur banc, qui n'est qu'à quelques mètres du carré réservé aux WAG. Je descends les marches jusqu'à lui et il se penche par-dessus la rambarde pour m'empoigner par la nuque. Il sourit jusqu'aux oreilles puis il m'embrasse, offrant aux photographes un superbe spectacle. Hélas, sincèrement, je ne ressens aucune excitation, pas la moindre bouffée de chaleur. C'est juste un baiser sympa avec un beau gosse.

Lorsque je recule, il me regarde en fronçant les sourcils.

– Tu ne ressens strictement rien, c'est ça ? Putain, tu vas anéantir mon ego, ma douce, rouspète-t-il en plongeant son regard dans le mien.

Le problème, c'est que ce ne sont pas les yeux verts dans lesquels je veux me perdre. Je souris néanmoins et je passe mes bras autour de sa nuque. Il soulève la visière de ma casquette et j'appuie mon front au sien.

– Je suis désolée, je pense à Rachel, c'est tout.

Ce n'est pas tout à fait vrai, bien sûr. Je suis triste pour elle parce qu'elle est clairement dingue de Mason, c'est vrai, mais je suis surtout anéantie par ma conversation avec Wes.

Mason pose une main sur mon cou et il m'embrasse sur le front avant de me lancer un clin d'œil.

– Ne le sois pas. Moi, je ne pense pas à elle, dit-il d'une voix faussement assurée. À tout à l'heure, ma douce.

Je le regarde partir en faisant mine d'être éperdument amoureuse de ma star de base-ball. Normalement, un mec aussi sexy que lui m'exciterait à n'en plus finir. Mais je ne suis pas moi-même depuis que Gina DeLuca a répondu au téléphone de Wes. J'ai l'impression d'avoir perdu un morceau de mon cœur, et l'énergie qui bouillonne d'habitude en moi a disparu.

C'est injuste et parfaitement ridicule de supposer qu'il allait m'attendre, surtout quand, de mon côté, je baise avec qui je veux. Or pour moi, quelque chose a changé lorsqu'il m'a fait la surprise de venir à Chicago. J'ai pensé que je pourrais peut-être l'attendre. J'aime le sexe comme toutes les filles de mon âge, mais avec Wes, c'est bien plus que ça. Des sentiments y ont toujours été mêlés, ce qui n'était pas le cas avec Alec.

Maintenant, j'ai peur que tôt ou tard Gina comprenne à quel point ce mec est génial, et c'est alors moi qui perdrai la bataille. Hélas, je n'ai pas le choix. Je dois faire ce job pour ma famille, et c'est ça la priorité.

Tant que je n'aurai pas remboursé la dette de mon père, je dois me concentrer sur mon boulot qui consiste à rendre la vie d'un autre plus facile. Ce mois-ci, c'est Mason, et je refuse de penser qu'il est une cause perdue. Je sais qu'un gentleman se cache sous ses manières de cochon. Je pense qu'il a choisi de vivre l'instant présent et que tout l'argent qu'il gagne lui a fait oublier le respect des autres.

Je me demande s'il est vraiment heureux. J'ai du mal à croire qu'il le soit s'il doit embaucher une escort pour jouer sa copine. Après tout, il est suivi en permanence par une horde de femmes qui crient son nom.

Je dois en apprendre plus à son sujet – ce qui l'agace, ce qui lui plaît, pourquoi il est devenu le coureur de jupons qu'il est ou qu'il fait semblant d'être. Quoi qu'il en soit, je vais passer un mois avec lui et il est hors de question que je passe mon temps à chialer. Je vais en profiter pour m'amuser avec un des joueurs de base-ball les plus beaux du pays et ses amis plus sexy les uns que les autres.

À moi de jouer !

CHAPITRE 3

Ma première semaine aux côtés de Mason « Mace » Murphy s'avère parfaite. J'ai l'impression d'être en vacances. J'assiste à quatre matchs à domicile et à trois victoires des Red Sox, et je dois avouer qu'être du côté de l'équipe gagnante est génial. Nous faisons la fête à chaque fois, et les magazines people montrent Mason à peu près sobre, sans cigarette et au bras de la même nana : moi. Il se comporte comme un prince, et les gens le remarquent. Bien sûr, cela n'empêche pas les magazines de se demander quand il tombera de son piédestal pour redevenir le bad boy qu'il est réellement. Eh bien, ils peuvent continuer d'attendre, car ça n'arrivera pas tant que je suis là.

J'ai profité de cette semaine pour réfléchir à propos de Wes et Gina, et j'ai décidé de les appeler Wesina[2] pour que ma colère ne s'estompe pas. C'est injuste, mais j'ai évité tous ses appels et ses messages – j'en ai eu un de chaque par jour. Or, je sais que si je veux rester proche de Wes, même comme simple amie, je dois lui répondre. C'est pour cela que cette fois-ci, lorsqu'un message s'affiche sur mon écran, je ne l'efface pas sans le lire.

À : Mia Saunders
De : Wes Channing
Ça m'a fait penser à toi pendant le tournage. Parle-moi, s'il te plaît.

Sous son message, je découvre une photo d'une planche de surf plantée dans le sable avec une superbe vue de l'océan en arrière-plan. Bon sang, le surf me manque. D'ici à ce que je retourne enfin en Californie, j'aurai tout oublié et il faudra qu'il me réapprenne toutes les bases. Cette pensée me fait sourire et, sans réfléchir, je réponds à son message.

À : Wes Channing
De : Mia Saunders
C'est paradisiaque. Prends quelques vagues pour moi, tu veux ? Ça me manque de ne pas surfer avec toi.

Je n'ai pas le temps de ranger mon téléphone qu'il vibre de nouveau.

2. Wes + Gina , référence à Brangelina (Brad Pitt et Angelina Jolie).

À : Mia Saunders
De : Wes Channing
Tu es vivante ! Bon sang, ma chérie, j'ai bien cru que tu n'allais plus jamais me parler. Je suis ravi que ce ne soit pas le cas. Comment tu vas ?

À : Wes Channing
De : Mia Saunders
Base-ball, bières, bouffe, Boston... ça ne pourrait pas aller mieux.

À : Mia Saunders
De : Wes Channing
C'est un rêve devenu réalité pour toi. Et les autres lettres de l'alphabet ?

Je me dépêche de répondre, car cela fait trop longtemps et la tension était trop vive entre nous. Nous devons trouver un moyen pour que la situation nous convienne à tous les deux. La triste vérité est que nous tenons énormément l'un à l'autre, mais que nous ne pouvons pas être ensemble. Or, ça ne veut pas dire que nous ne ressentons rien. En revanche, je dois accepter qu'il ait des relations sexuelles avec d'autres femmes. Je ne peux pas lui demander de faire vœu de célibat alors que je ne le fais pas de mon côté.

À : Wes Channing
De : Mia Saunders
Les autres n'ont pas d'importance puisque j'ai tout ce dont j'ai toujours rêvé !

Bien évidemment, j'ai beau essayer de garder la conversation détendue, Wes ne peut pas s'empêcher de parler de choses sérieuses.

À : Mia Saunders
De : Wes Channing
Même si le reste, c'est la Californie, les Câlins et les Cabrioles avec les Channing... ?

J'éclate de rire. C'est tout lui, ça, de mélanger le sérieux aux blagues.

À : Wes Channing
De : Mia Saunders
J'ai déjà goûté aux cabrioles d'un Channing, et c'était génial.

Je suis déterminée à faire en sorte que la conversation reste fun et légère, sinon je risque de perdre Wes pour de bon. Oui, l'idée qu'il couche avec Gina a failli m'anéantir, mais j'ai eu la semaine pour y penser et, même si je meurs d'envie de tout plaquer pour prendre le premier vol pour Los Angeles et récupérer mon homme, c'est tout simplement impossible. Les choses ne sont pas sérieuses entre Wes et Gina et, si elles le devenaient, je serais obligée de l'accepter.

À : Mia Saunders
De : Wes Channing
Les cabrioles t'attendent. Il te suffira de claquer des doigts.

À : Wes Channing
De : Mia Saunders
Espèce de fou ! Va surfer ; ne laisse pas les vagues t'échapper. On se reparle dans quelques jours. Le devoir m'appelle.

De : Wes Channing
À : Mia Saunders
Fou oui, mais de toi.

C'est la dernière chose qu'il m'écrit. Fou de moi. Je suis folle de lui, moi aussi, mais je ne veux pas me lancer dans une conversation aussi sérieuse. Il nous faut du temps – beaucoup de temps – pour nous remettre de nos déceptions. Il sait que je me tape d'autres mecs, et je sais qu'il se tape Gina.

– D'où vient ce sourire, ma douce ? demande Mace en entrant dans ma chambre d'hôtel, vêtu d'un sublime costume trois-pièces.

Bon sang, ce mec est canon dans un uniforme de base-ball comme dans un jean troué, mais en costard... il a un côté professionnel qui me plaît et qui m'excite. Mason sourit et fait jouer ses sourcils en faisant lentement un tour sur lui-même.

– Ça te plaît ?

– Tu sais bien que oui. J'ai hâte que Rachel te voie. Elle a passé la semaine à se planquer.

Mason fronce les sourcils.

– Tu te trompes à propos de Rachel et moi, tu sais. Il va falloir que tu lâches l'affaire.

– C'est hors de question. J'ai vu comment vous vous regardez, tous les deux. Elle te kiffe. Je ne sais pas pourquoi elle ne dit rien.

– Elle ne me kiffe pas. Elle devrait bientôt arriver pour nous emmener à Power Up.

Nous entendons alors frapper à la porte, et je souris jusqu'aux oreilles avant d'aller ouvrir aussi vite que mes talons aiguilles me le permettent. Rachel est en tailleur, comme d'habitude, mais celui-ci est gris. Une chemise rose pâle met en valeur la fraîcheur de ses joues et sa peau légèrement hâlée. Cette fois, ses cheveux sont attachés dans une queue-de-cheval basse et l'élastique est caché par ses cheveux. Il faudrait que je lui demande comment elle fait – ça pourrait me servir et je pourrais l'apprendre à Gin et Maddy, aussi.

– Salut Rachel, comment tu vas ? je demande en ouvrant grand la porte.

Elle me regarde de haut en bas plusieurs fois. Je suis vêtue d'une jupe crayon taille haute en cuir, assortie d'un chemisier blanc très ample et bouffant. La jupe moule mes fesses et le chemisier laisse entrevoir une bonne dose de décolleté sans que ce soit trop aguicheur. Je pense que c'est le genre de tenue que choisirait la copine d'un joueur de base-ball sexy.

– Ta tenue est ouvertement sexy, dit Rachel en grimaçant. Cette jupe est censée être assortie d'une chemise cintrée, ajoute-t-elle.

– Euh, d'accord, mais je n'ai apporté aucune chemise cintrée parce que je pensais qu'elles allaient avec les pantalons, je réponds d'une voix coupable.

Mason fait son apparition et j'entends Rachel retenir sa respiration. Ses yeux scintillent et elle se mord la lèvre. Cette nana est complètement folle de lui. Pourquoi Mason ne le voit-il pas ? Lorsque je me tourne vers lui, il fait un tour sur lui-même pour la deuxième fois en cinq minutes.

– Alors ? Est-ce que j'ai l'air du nouveau porte-parole de Power Up et de Quick Runners ?

Rachel hoche la tête en silence.

– Apparemment, toi tu es parfait et moi j'ai l'air d'une traînée, je marmonne en empoignant ma pochette.

Mason fronce les sourcils et me prend par la taille pour me ramener contre lui. Il baisse la tête et me regarde d'un air inquiet. Je tourne la tête vers Rachel qui fuit mon regard.

– Eh ma douce, tu es superbe, méga-sexy. Les médias t'ont vue en jean et en t-shirt toute la semaine, il est temps qu'ils te voient en tenue habillée. C'est comme ça que j'aime les femmes de toute façon. Tu crois vraiment que les boss le croiraient s'ils me voyaient au bras d'une nana frigide qui a un balai dans le cul ?

Les épaules de Rachel s'affaissent soudain et elle détourne la tête. Sans doute se dit-elle qu'elle est la définition même d'une nana frigide avec un balai dans le cul. Ma mission secrète « Aider Rachel Et Mason À Se Choper » ne va pas être facile. Il me faut une nouvelle stratégie.

J'embrasse Mason sur la joue, puis je l'essuie pour enlever la trace de rouge à lèvres.

– En parlant de sexy, tu ne trouves pas Rachel jolie dans son tailleur ?

Mason sourit en la matant des pieds à la tête.

– Je cracherais pas dessus... dit cet abruti, méritant le coup que je lui mets dans le bras.

– Combien de fois je t'ai dit de ne pas te comporter comme un enfoiré ? je demande.

– Désolé, Rachel, répond-il en se frottant l'épaule. Mais tu sais bien que je me ferais un plaisir de te choper. Aïe ! s'exclame-t-il quand je le frappe de nouveau. Arrête de me cogner, bon sang !

– Alors, arrête d'être un enfoiré !

– Arrêtez, tous les deux, intervient Rachel. Mia, c'est rien, je suis habituée aux cochonneries de Mason, depuis le temps.

– Ça ne change pas le fait qu'il est immature et dégoûtant.

Rachel éclate de rire, et je réalise que même son rire est adorable.

– C'est vrai. Je vous remercie néanmoins du compliment, Monsieur Murphy.

– Combien de fois je t'ai dit de m'appeler Mason ou Mace, Rachel ? grogne-t-il. On se connaît depuis deux ans. On est plus que de simples collègues, du moins je l'espère.

Elle lève les yeux dans les siens et joint les mains devant elle en se triturant les doigts.

– Oui, euh, vous avez raison. Enfin, tu as raison. Je suis désolée, c'est une vieille habitude. On y va ?

– Est-ce que je dois me changer ? je demande.

Je suis là pour redorer son image, or apparemment je n'ai rien compris en termes d'habillage approprié.

Rachel me reluque une nouvelle fois avant de répondre.

– Tu es très belle, Mia. Comme toujours. Je suis désolée, j'ai mal réagi. Tout va bien. Ne faisons pas attendre nos sponsors potentiels.

Elle ouvre la porte et nous sortons tous les trois.

***

Pour une entreprise de boissons énergisantes qui cible des jeunes athlètes, l'équipe de Power Up est étonnamment ennuyeuse. Les murs des bureaux sont noirs et blancs avec des photos montrant la bouteille de leur boisson sur un fond blanc. Je n'y connais rien, mais je m'attendais plutôt à des photos de sportifs extrêmes en pleine action. À mon avis, ils ont plus besoin de Mason que ce dernier n'a besoin d'eux. S'ils veulent une chance de rivaliser avec les gros de l'industrie, comme Gatorade, ils ont sérieusement besoin de rajeunir leur image.

Rachel n'est pas là pour être jolie, comme moi, et je comprends vite pourquoi elle peut se permettre des tailleurs haute couture. Lorsqu'elle finit de parler, les dirigeants de Power Up – tous des hommes – lui mangent dans la main. Elle leur promet que Mason sera beaucoup plus présent dans les médias, mais que ses statistiques sur le terrain prouvent qu'il n'est pas que de passage chez les pros. Elle leur explique également que les jeunes adorent les bad boys qui ont retrouvé le droit chemin, et elle leur présente différentes manières de redorer *leur* image à travers Mason. Elle leur promet que son équipe marketing travaillera avec la leur afin de créer des campagnes de pub qui seront bénéfiques aux deux entreprises. Enfin, l'agent de Mason parle argent.

Apparemment, le job de porte-parole d'une boisson sportive vaut des millions. Lorsqu'ils se mettent à parler chiffres, je manque m'étouffer. Je ne comprends pas que quelques pubs, une dizaine de photos et de poignées de main valent autant d'argent. Cela dit, je suis payé cent mille dollars pour avoir l'air jolie au bras de quelqu'un. Les gens sont complètement fous.

Lorsque nous avons fini chez Power Up, dont les patrons répondent qu'ils vont réfléchir et qu'ils prendront une décision dans la semaine, nous nous rendons en limousine au siège de Quick Runners. Apparemment, ce sont les prochains Reebok ou Nike, et ils ont besoin d'un peu de pub pour les mettre au-devant de la scène. Mason Murphy, le meilleur lanceur de base-ball du moment, est justement celui qu'il leur faut, et Rachel s'assure qu'ils le comprennent.

Quick Runners n'a rien à voir avec Power Up, où les cadres étaient en costard. Ici, les gens semblent tout juste sortis de la fac et ils sont tous en jean, polo et baskets. Nous quittons leurs bureaux avec un accord verbal pour une montagne de millions de dollars et, du moment que Mason garde une image impeccable, ils respecteront leur part du deal.

Les portes de l'ascenseur sont en train de se refermer lorsque nous les voyons se taper dans la main pour se féliciter. De son côté, Mason se tourne vers Rachel et pose ses mains sur ses joues.

– Tu es une femme in-croy-able !

Il l'attire dans ses bras et l'embrasse sur la joue, et je reste dans un coin de l'ascenseur, les mains sur la poitrine, essayant de ne pas hurler de joie. Lorsqu'il recule, Rachel semble étourdie. Ensuite, il me saisit par la taille pour me prendre dans ses bras et je sautille en criant comme une folle.

– Tu as vu ça ? Ils étaient suspendus aux lèvres de Rachel ! C'était génial !

Mason prend Rachel par les épaules et la tire à ses côtés pour avoir une femme à chaque bras.

– Mesdemoiselles, aujourd'hui est une grande victoire pour la Team Murphy[3].

– La Team Murphy ? je ricane.

Il hoche vigoureusement la tête.

– Ouaip, la Team Murphy. Toi, dit-il en secouant mon épaule, notre reine Rachel et, bien sûr, le superbe visage de l'équipe, moi.

Rachel et moi soupirons à l'unisson.

– Ça va, les chevilles ?

– Nickel. Maintenant, il faut fêter ça !

Rachel écarquille les yeux et le dévisage.

– Mason, on ne peut pas aller traîner dans les bars. Tout le monde te connaît et tu as un match demain.

– C'est vrai, tu as raison. Dans ce cas, invitons les mecs et leurs copines dans notre suite. On commande des pizzas, on achète des bières et on se fait une petite soirée sympa. Vous êtes partantes ?

Des bières, des mecs, de la pizza...

– Carrément ouais ! je m'exclame. Allez Rachel, viens faire la fête, détends-toi un peu.

– Écoute-la, Rach. Je ne t'ai encore jamais vue détendue, répond Mason. Qu'est-ce que j'aimerais voir tes cheveux lâchés, tombant en cascades dorées sur ton joli visage, chuchote-t-il au creux de son oreille.

Rachel a l'air sur le point de s'évanouir de surprise, et peut-être aussi de peur.

– Bon sang, tu sens tellement bon, poursuit Mason en la reniflant. C'est ça, ce parfum d'amande qui me

---

3. L'équipe Murphy.

suit partout ?! C'est toi, ça a toujours été toi ! Tu sens tellement bon que j'ai envie de te manger.

Il grogne dans son cou et inspire bruyamment avant de reculer en regardant Rachel comme un lion affamé devant un steak bien saignant.

Les portes de l'ascenseur s'ouvrent et le sort est soudain rompu. Rachel déguerpit aussi vite que le permettent ses talons aiguilles et elle émerge dans l'air frais new-yorkais.

– Allons acheter ces pizzas et ces bières. Tu veux appeler tes amis, Mason ? demande-t-elle en sortant son téléphone, ignorant son air confus.

Il ferme les yeux, puis monte dans la limousine.

– Ouais, Rachel, je vais les appeler.

Je m'assieds à côté de lui et pose ma main sur son genou.

– Tu vois, je te l'avais dit, me chuchote-t-il avant de sortir son téléphone de la poche de sa veste.

***

Notre suite est pleine de joueurs des Red Sox et, étrangement, des joueurs des Yankees. Nous avons commandé deux fûts de bière et environ trente pizzas, qui disparaissent à la vitesse de la lumière. Bizarrement, il y a plus de femmes que d'hommes. Apparemment, certains des joueurs célibataires ont invité leurs groupies qui ont fait passer le message à leurs amies, et ainsi de suite. Il y a celles qui sont habillées normalement, en jean et en débardeur, et les salopes qui collectionnent les joueurs et qui sont prêtes à tout pour ajouter un nom à leur liste.

La fête finit par déraper un peu – voire beaucoup – à tel point que Rachel et moi finissons enfermées dans ma chambre, assises sur mon lit, à nous passer une bouteille de whisky.

– Tu sais, si tu voulais être avec Mason, il te suffirait de le lui dire, dis-je à ma nouvelle amie, maintenant que l'alcool a anéanti mon filtre.

Elle grimace et soupire en gonflant ses joues et en désignant sa tenue débraillée.

– Tu crois qu'il a envie de ça ?

Elle porte toujours sa jupe, mais sa chemise rose est froissée. Sa queue-de-cheval est tirée sur le côté et son mascara a coulé sous ses yeux. Quant à moi, je dois faire peur à voir. J'ai enlevé mon chemisier haute couture et je l'ai troqué contre un débardeur, mais j'ai gardé ma jupe parce que je la trouve « guedin[4] », comme dirait Ginelle, ma meilleure amie.

Je me dresse sur les genoux, me place derrière Rachel et défais sa queue-de-cheval.

– Waouh. Tu es vraiment canon ! je m'exclame en buvant une gorgée avant de lui repasser la bouteille.

J'attrape un mouchoir dans la boîte sur la table de chevet et j'essuie son mascara.

– Voilà, maintenant tu es encore plus canon ! Mais il faut que tu te détendes un peu. Tu te fais trop de soucis, je bafouille avant de me laisser tomber sur les oreillers.

Rachel se pince fermement les lèvres, ce que j'ai pris l'habitude de la voir faire. Cela signifie qu'elle réfléchit sérieusement à ce que je viens de lui dire.

---

4. Dingue, en verlan.

– Ouais, tu as raison. Il faut que je sois un peu plus comme toi. Libre, jeune et prête à croquer la vie à pleines dents !

Elle lève un bras en l'air en fermant le poing, mais son manque d'entrain lui donne l'air de tenir une torche, comme la Statue de la Liberté. Je me mets à rire en la regardant et je ne peux bientôt plus m'arrêter. Je ris si fort qu'un grognement de cochon m'échappe, et Rachel éclate de rire à son tour en me pointant du doigt.

Lorsque j'arrive enfin à me calmer, je prends sa main et la regarde sérieusement.

– Tu devrais foncer, tu sais. Ce soir.

– Quoi ?! s'exclame-t-elle en écarquillant les yeux.

– Sans rire ! Tu devrais aller le voir et lui dire qu'il te plaît !

Rachel secoue la tête, bouche bée.

– Tu crois que je devrais lui dire que je le kiffe ?

– Je vais t'aider ! je m'écrie en descendant du lit et en l'obligeant à se lever.

Je tire sur sa chemise et je défais les premiers boutons pour révéler un beau décolleté.

– Qu'est-ce que tu fais ? gronde-t-elle en enlevant ma main.

– À ton avis ? Il y a quatre choses qu'aiment les hommes. La première, c'est les seins ! Tu en as, donc tu devrais les montrer.

Elle hoche la tête et avance la poitrine.

– Voilà, c'est bien ! Fais ça quand tu es face à Mason. Ok. Ensuite, les hommes aiment les cheveux, dis-je en ébouriffant les siens. Parfait.

Je pince mes lèvres entre mes doigts et je vacille légèrement.

– Les fesses ! je crie en désignant les siennes.

Je la retourne pour qu'elle soit dos à moi, puis je saisis sa jupe et je la déchire pour agrandir la fente sur le côté de sorte à révéler ses jambes, puis je lui mets une petite fessée.

– Excellent !

– Je ne sais pas, Mia...

– Mais si, tu vas voir, ça va être génial ! Bon, je ne sais plus où j'en étais, mais la bouche ! Ça, c'est important aussi, les hommes aiment les bouches.

Je me précipite sur ma trousse de maquillage pour en sortir mon gloss et en mettre à Rachel.

– Les hommes adorent les lèvres brillantes. Ça les fait fantasmer que tu vas leur tailler une pipe. Tu aimerais tailler une pipe à Mason ?

Ses joues deviennent soudain écarlates.

– Ouais, chuchote-t-elle néanmoins.

– Ok. Alors, ce sera la phase deux. La première, c'est de faire en sorte qu'il te regarde et de lui dire qu'il te plaît.

Je saisis la bouteille de whisky et j'en bois une bonne gorgée avant de la tendre à Rachel.

– À toi maintenant.

Elle m'obéit, puis nous retournons au cœur de la fête. J'ai une mission à accomplir et je suis convaincue que je vais réussir.

Bon sang, je n'aurais pas pu me tromper davantage.

CHAPITRE 4

J'ai souvent entendu que l'enfer est pavé de bonnes intentions, mais c'est la première fois que je saisis vraiment le sens de cette expression. Je ne me doutais pas de ce que nous allions trouver en quittant le sanctuaire qu'était devenue ma chambre. L'ambiance de notre petite soirée tranquille a sacrément changé. Il y a des gens partout et des nuages de fumée – qui ne proviennent pas seulement de cigarettes – remplissent la pièce.

Des corps nous écrasent de part et d'autre et je dois m'agripper à Rachel pour ne pas la perdre dans la foule. Qu'est-ce qui s'est passé, bon sang ? Combien de temps sommes-nous restées dans ma chambre ? À voir la façon dont je titube en marchant... je dirais que nous y sommes restées un bon moment. Je ne reconnais personne autour de nous, mais je finis par atteindre la chambre de Mason.

Si je ne suis pas préparée à ce que nous découvrons, Rachel – cette pauvre et naïve Rachel qui est amoureuse de Mason Murphy – l'est encore moins que moi. La pièce est plongée dans le noir et la musique est si forte que je ne peux rien voir ni entendre. Je tire Rachel par la main et je la fais entrer, pensant que Mason est parti se coucher. Quelle belle surprise ce sera pour lui d'être réveillée par une femme superbe dont il est déjà dingue ! Bien évidemment, ce n'est pas ainsi que se passent les choses.

Lorsque mes yeux s'habituent à la pénombre, je découvre que Mason est bien au lit, mais qu'il n'est pas seul, je veux dire par là qu'il est avec deux femmes très peu habillées. Choquée – et soudain excitée –, je regarde Mason se faire sucer par une femme brune qui, dans mon cerveau imbibé d'alcool, me semble avoir une sacrée technique. Elle arrive à le prendre profondément dans sa gorge, ce qui n'est pas rien. La deuxième protagoniste est une blonde pulpeuse qui est face à la tête de lit et qui chevauche le visage de Mason en balançant son bassin tandis qu'il semble engloutir sa chatte. Il semble être pro en la matière, dévorant sa chair comme s'il était affamé. C'est une des scènes les plus érotiques que j'aie vues de ma vie. Je suis même en train d'envisager de m'asseoir dans un coin pour les regarder – et pourquoi pas me masturber au passage – lorsque j'entends un sanglot parmi les gémissements.

Des larmes coulent sur les joues de Rachel et elle couvre sa bouche de sa petite main délicate. Je suis sur le point de l'accompagner dehors lorsque la blonde s'écrie « Je vais jouir ! » et je ne peux m'empêcher de regarder la scène. Mason saisit ses hanches en grognant dans sa chatte pendant qu'elle jouit, puis il soulève son bassin alors que la brune plonge sa main entre ses cuisses pour se masturber à son tour. Mason éjacule dans sa bouche et son foutre dégouline sur son menton tandis qu'elle l'accompagne dans l'orgasme. Putain, je n'ai jamais vu quelque chose d'aussi chaud. Lorsque je me tourne vers Rachel, elle n'est plus là. La porte est ouverte, mais je suis trop ivre pour lui courir après et la consoler.

– Merde, je soupire.

– Tu es qui, toi ? s'exclame la brune en se redressant et en s'essuyant la bouche.

Je croise les bras, et Mason dégage la blonde de son visage pour me regarder.

– Mia, ma douce. Je te présente, euh... Chatte Juteuse et Super Suceuse, conclut-il en riant, faisant sourire les nanas.

– Tu es sérieux mec ?! Je t'avais apporté un cadeau ! je réponds en tapant du pied.

Ses yeux vitreux révèlent que non seulement il est joyeusement ivre mais qu'il est défoncé, aussi. Heureusement, nous sommes dans notre suite et pas en public, sinon il risquerait de perdre ses sponsors.

– Dis-moi que tu le caches sous tes vêtements, alors. Je serais ravi de virer ces deux meufs pour goûter ta superbe chatte.

– Mais quel PORC ! Arrête de penser avec ta bite, bon sang !

En parlant de bite, la sienne est clairement dure et prête pour un deuxième round. En l'inspectant un peu, je découvre qu'elle est longue et épaisse, et très tentante. La brune l'empoigne et la branle lentement. Mason grogne, mais il ne me quitte pas des yeux.

– Tu es sûre que tu n'en veux pas un peu ? C'est moi qui offre.

Je secoue la tête.

– J'avais amené Rachel. Elle allait te dire que tu lui plais. Mais elle t'a vu avec ces pétasses et elle s'est enfuie.

Tiens, je semble avoir trouvé les mots magiques, car il dégage la brune puis la blonde et se lève du lit.

– Rachel était là, dit-il en pointant le sol à ses pieds. Ici ?

Je hoche la tête.

– Elle m'a vu avec elles ?

Je hausse les sourcils en le regardant comme l'abruti qu'il est.

– Merde ! Sortez d'ici ! aboie-t-il aux deux nanas.

Elles ne comprennent pas, et la brune passe ses bras autour de son cou en frottant ses faux seins dans son dos.

– Allez viens, Bébé, on va te réconforter, comme tout à l'heure.

– Partez tout de suite ! grogne-t-il en allant dans sa salle de bains.

– Vous êtes sourdes ? je demande en ouvrant la porte de la chambre.

– C'est juste parce que tu le veux pour toi toute seule.

– Eh bien, étant donné que je suis sa petite amie... je vais répondre oui. Maintenant, dégagez.

J'ai à peine refermé la porte que Mason revient, vêtu d'un jean. Il fouille dans sa valise et en sort un t-shirt.

– Il faut que je la retrouve.

Je masse mon front un instant, puis je prends sa main.

– Pour lui dire quoi ? « Je suis désolé que tu m'aies surpris en plein plan à trois ? » Je ne pense pas que ça va marcher, Mace.

Il passe ses mains dans ses cheveux, puis il tombe assis sur le lit.

– Je ne peux pas la laisser comme ça.

– Techniquement, tu ne lui dois rien du tout. De toute façon, c'est de ma faute.

– Mais non, tu voulais juste m'aider. Comme d'habitude, je me suis mis à penser avec ma bite.

– Qu'est-ce qui s'est passé ? je demande.

Quand je suis partie dans ma chambre, il traînait avec ses potes en mangeant des pizzas.

– Ben... j'étais en train de discuter avec les gars... et tout à coup, j'ai réalisé que Rachel et toi vous étiez parties. Les deux groupies me tripotaient sans arrêt, et plus je buvais, plus je m'en fichais. Je voulais juste... sentir... quelque chose. Tu comprends ? Je t'ai cherchée, j'ai cherché Rachel, mais elles ne me lâchaient pas... alors, j'ai faibli. Est-ce que tu me détestes ? demande-t-il.

– Mais non, je ne te déteste pas, dis-je en le prenant par les épaules. Ce que j'ai vu était super-excitant.

Il glousse doucement et je réalise qu'il est magnifique lorsqu'il rit de manière sincère.

– Mais je ne pense pas que ta nana, celle que tu veux vraiment, a trouvé ça aussi chaud que moi. Elle était super-triste. Elle pleurait, et tout...

– Elle pleurait ? s'exclame-t-il en levant brusquement la tête. Honnêtement, Mia, je savais qu'elle me kiffait peut-être, mais ça n'a jamais été comme ça entre nous. Elle a toujours été intouchable. Parfaite, professionnelle, jolie, le gros lot, quoi. Une nana comme ça n'aurait jamais envie d'un mec comme moi. On est dans des catégories complètement différentes.

Il se gratte le menton, et le bruit me file des frissons en me replongeant aux côtés d'un autre homme, à une époque qui me semble désormais lointaine.

– Je comprends. Il y a un mec qui me plaît, moi aussi. Il est beaucoup trop bien pour moi, mais j'aime penser que quand le moment sera venu, on sera dans la même catégorie au même moment. Je pense que tu peux le faire, toi aussi.

– Tu kiffes un gars ?

Je souris, j'aurais dû me douter que c'est là-dessus qu'il s'arrêterait.

– Oui, mais ce n'est pas le bon moment. Et quand ça le sera – si ça l'est un jour – ça se fera, et ça marchera. Il faut que je le croie. La différence entre toi et moi, c'est que toi, tu peux agir maintenant.

Mason réfléchit un instant, puis il plonge son regard dans le mien. Il est doux, presque désespéré, comme si je détenais les réponses à toutes ses questions.

– Montre-lui quel genre d'homme tu peux être, quel homme tu es au fond de toi, et elle reviendra vers toi.

– Tu crois ?

Je souris jusqu'aux oreilles et je l'attire contre moi. Il pue le sexe et le parfum bon marché. Beurk.

– J'en suis sûre.

– Merci Mia. Tu n'es pas si mal, tu le sais, ça ?

J'éclate de rire contre son cou.

– Ouais, toi non plus en fin de compte, mais tu sens la pute. Rends-moi service, va te doucher. Je m'occupe de Rachel. Toi, occupe-toi de toi.

Il se lève et me tend la main pour que je me lève à mon tour.

– Je m'occupe de moi, répond-il.

– Et pendant que tu t'occupes de toi, tu peux t'occuper de te débarrasser de tous ces gens qui sont dans notre suite ? Je n'arriverai pas à dormir si des gens baisent sur le canapé, fument des joints et écoutent la musique à fond.

Il ouvre la porte de sa chambre et observe la fête.

– Bordel ! Je ne referai plus jamais la fête.

– Il ne faut jamais dire jamais, je ricane.

* * *

Je ne vois pas la fin de notre séjour à New York passer. L'équipe joue trois matchs et en remporte deux. Pour l'instant, leur classement est très prometteur. Quick Runners a engagé Mason pour être le porte-parole officiel de leur nouvelle basket multisport qui est faite pour courir, marcher, jouer au tennis et ainsi de suite. Nous n'avons toujours pas de nouvelles de Power Up, mais on nous a expliqué qu'ils avaient su que Mason allait faire la pub de Quick Runners et qu'ils voulaient s'assurer que cela ne ternissait pas leur image. Ce n'est pas nécessairement une mauvaise chose cependant, car, en attendant, d'autres opportunités se sont présentées : l'une pour un équipementier de base-ball, l'autre pour des barres énergisantes. Les nouvelles circulent vite, on dirait. Maintenant, il ne nous reste plus qu'à attendre. Mason donne tout ce qu'il a sur le terrain et fait en sorte que les médias ne le voient pas dans des situations compromettantes. Rentrer chez son père fait partie du plan, et c'est là que nous nous rendons. Je vais enfin rencontrer la famille de Mason.

Lorsque nous arrivons à la petite maison en périphérie de Boston, Mason entre sans frapper.

– Par ici, fiston ! crie une grosse voix accompagnée des cris stridents d'un enfant.

Mason tient ma main et me guide à travers la maison, dont le sol est jonché de peluches et de poupées abandonnées par l'enfant qui a soudain vu quelque chose de plus intéressant. Les pièces sont tamisées et chaleureuses. Les photos accrochées aux murs révèlent qu'une femme a vécu un jour dans cette maison, mais l'épaisse couche de poussière qui les recouvre prouve que cela fait longtemps qu'elle n'habite plus là. Sur une des photos, une femme rousse, pâle et très belle se tient en robe de mariée traditionnelle aux côtés d'un homme brun baraqué, au regard infiniment doux. Un homme qui est le portrait craché de Mason.

Nous arrivons à la cuisine, où nous sommes immédiatement assaillis par une délicieuse odeur de romarin, de sauge et de viande qui me met l'eau à la bouche. Un gros rôti est posé sur le plan de travail et un homme, dos à nous, est en train de le couper en tranches. Une petite fille rousse, avec d'immenses yeux bleus, se redresse sur sa chaise lorsqu'elle me voit et frappe dans ses mains.

– Tu es là ! s'écrie-t-elle d'une voix si aiguë que c'est presque douloureux pour les oreilles.

Je lui souris quand l'homme nous fait face. Bon sang, je ne m'étais pas trompée. Il ressemble comme deux gouttes d'eau à Mason – ou plutôt à Mason dans vingt-cinq ans.

– Salut, Papa, je te présente Mia. C'est ma... euh...

Monsieur Murphy sourit et me tend la main.

– Vous êtes celle que tout le monde décrit comme la copine de mon fils.

Je ne sais pas ce que Mason veut révéler ou cacher à son père, donc je décide d'en rester là.

– Je suis ravie de vous rencontrer, Monsieur Murphy.

– Appelez-moi Mick, comme tout le monde. Enfin, tout le monde sauf mes fils, parce qu'ils savent que je leur botterais le cul s'ils osaient me manquer de respect.

– Ton père est génial, dis-je à Mason en lui mettant un coup de coude dans les côtes.

– Ouais. Hélas, quand il est là, je suis automatiquement moins cool.

– Et tâche de ne pas l'oublier, fiston ! Maintenant, mets la table, tu veux ?

Mason obéit à son père pendant que je me présente à Eleanor, qui aime qu'on l'appelle Ellie. Elle déambule dans la maison en me montrant un à un tous ses jouets, puis sa chambre de princesse dont elle est particulièrement fière.

Je balaie la pièce du regard en me disant que je n'avais pas cela lorsque j'avais son âge – une pièce où je pouvais enfermer tout ce à quoi je tenais. Maddy et moi avons toujours partagé notre chambre, et ni l'une ni l'autre n'avions quoi que ce soit que l'on pouvait déclarer comme étant à nous. Cela m'attriste de penser à tout ce que je n'ai pas eu, et en même temps, je suis heureuse de voir que même si Ellie est élevée par des hommes, ils la chouchoutent comme la meilleure des mamans.

– Tu peux être la reine et moi je serai la princesse, déclare Ellie en posant une couronne sur ma tête.

Elle en met une à son tour et je hoche la tête en la prenant dans mes bras. Elle me serre fort contre elle lorsqu'un autre sosie de Mason nous interrompt. Est-ce qu'ils ressemblent tous les quatre à leur père ?

– Tu dois être Mia ?

Je hoche la tête et me lève sans lâcher la main d'Ellie.

– Papa, elle c'est la reine Mia, et moi, je suis la princesse Ellie. Tu veux être le roi ou le prince ? demande-t-elle très sérieusement.

– Moi, je voudrais que princesse Ellie se lave les mains avant de passer à table et qu'on laisse la reine Mia retrouver son roi, répond-il.

Ellie me regarde avec ses grands yeux bleus, – qu'elle doit tenir de sa mère car son père a les mêmes yeux émeraude que son père et son grand-père.

– Tu me gardes une place à côté de toi, reine Mia ?

– Bien sûr, princesse Ellie, ce serait un honneur, je réponds en lui faisant une révérence.

Elle applaudit plusieurs fois, puis elle tourne les talons et disparaît dans le couloir en courant.

– Désolé, dit le sosie de Mason. Ellie voit peu de femmes... Je suis Brayden.

– Je comprends, y a pas de souci. Ça fait des années que je n'ai pas joué avec un enfant.

Il n'y a pas d'enfants dans ma famille ni dans mon cercle d'amis. C'est vraiment la première fois que je passe du temps avec un enfant, et je me suis beaucoup amusée.

Brayden m'accompagne dans la cuisine, où je m'installe pour me joindre à la discussion avec son père, Mason et lui.

Monsieur Murphy vient de nous servir lorsqu'une tornade débarque par la porte arrière de la maison, s'arrête en glissant sur le sol et laisse tomber son sac à dos avec un bruit sourd.

– Putain, Mace, ta nana est super-bonne ! s'exclame le grand gringalet roux avec les mêmes yeux verts que les autres, tandis que les autres Murphy rouspètent.

– Surveille ton langage ! crie Mick en pointant sa fourchette en direction de son fils.

– Désolé Papa, mais... ta meuf est canon, Mace, dit-il en me reluquant des pieds à la tête. Je suis Shaun, comment vas-tu, ma douce ?

C'est une blague ? Il vient vraiment de m'appeler ma douce ?

– Eh bien, je vois qui a influencé ce pauvre esprit adolescent, dis-je en fusillant Mason du regard.

– Shaun, n'appelle pas les nanas « ma douce », répond l'aîné de la fratrie. Elles n'aiment pas.

– Bien sûr que si, et la nana que j'ai bouffée aujourd'hui ne s'en est pas plainte.

J'écarquille les yeux alors que Brayden plaque ses mains sur les oreilles d'Ellie.

– Mec, je te jure que si tu ne fais pas attention à ce que tu dis en présence de ma fille, je vais te raccourcir de cinq centimètres. Et arrête de parler des femmes comme ça, tu lui montres le mauvais exemple !

Ellie frappe les mains de son père.

– Papa, arrête, j'entends pas quand tu fais ça ! Est-ce qu'Oncle Mace te fait ça, toi aussi ? me demande-t-elle.

Les quatre hommes éclatent de rire et je souris en lui tapotant le nez.

– Non, parce que je suis grande. Ton papa veut te protéger pour ne pas que tu entendes des bêtises. C'est un très bon papa, tu sais.

Elle hoche lentement la tête avant d'enfourner une énorme bouchée de purée. Ses joues se gonflent comme celles d'un hamster. Je secoue la tête en regardant Shaun.

– Si un jour tu veux rester avec une femme plus de trois jours, tu apprendras qu'il vaut mieux lui donner des noms qui lui donnent le sentiment d'être spéciale, et pas juste une parmi tant d'autres. Tu ferais bien de t'en souvenir.

Il me reluque avec le regard typique d'un ado qui ne pense qu'au sexe.

– Si ça m'aide à choper une meuf aussi bonne que toi, je ferai tout ce que tu dis, ma douce.

Mason frappe son front sur la table et Brayden secoue la tête tandis que je me retiens de jurer. Quant au chef de famille, il traîne le benjamin par l'oreille dans la pièce d'à côté et il ne mâche pas ses mots. Lorsqu'ils reviennent, Mason et Brayden sourient bêtement, apparemment ravis que leur petit frère se soit fait gronder.

Quant à Ellie, elle finit son assiette de purée et en redemande joyeusement.

– Je suis désolé d'avoir été impoli, Mia. J'essaierai de faire preuve de plus de respect, marmonne Shaun d'un air bougon.

– Merci, Shaun. C'est gentil de t'excuser. Maintenant, j'aimerais que vous me racontiez les histoires les plus embarrassantes de Mason.

Tous les Murphy, à l'exception de Mason bien évidemment, sourient et s'empressent de partager leurs anecdotes.

Lorsque Mike se lève pour débarrasser la table et servir le cheesecake, j'ai tellement ri que j'ai mal au ventre et que je suis bien incapable de goûter au dessert. J'ai appris que lorsque Mason était petit, il était le clown de la classe, il pensait être le plus grand inventeur de tous les temps et il n'avait strictement aucun talent avec les filles. Je trouve cette dernière information particulièrement difficile à croire, vu qu'il a toujours été beau et bien taillé. Cela dit, il est vrai que même s'il est attirant, il faut parvenir à passer outre son attitude de play-boy à deux balles pour voir que c'est un mec bien. Heureusement, il fait beaucoup d'efforts et il a fait de grands progrès, pas assez pour que Rachel change d'avis sur lui, mais je suis sûre qu'il arrivera à la séduire avec le temps.

Les quatre hommes font la vaisselle et rangent la cuisine après m'avoir expliqué que chez eux, les invités ne doivent pas lever le petit doigt. Je suppose qu'ils sont habitués à tout faire eux-mêmes depuis que Eleanor est décédée. Ainsi, pendant qu'ils sont occupés en cuisine, je regarde les photos. Il y en a beaucoup d'Eleanor avec chacun des garçons, avec les quatre en même temps, ou juste avec son mari. Ils ont tous l'air très heureux et leur famille semble soudée. Voilà une femme qui s'est battue contre son cancer et qui aurait sans doute tout donné pour rester avec sa famille, alors que ma mère, en bonne santé, a abandonné la sienne pour assouvir ses désirs égoïstes. À ce jour, je ne sais toujours pas où elle est et j'ai beau faire comme si ça m'était égal, c'est faux, je suis toujours aussi furieuse.

Mason arrive derrière moi et pose une main sur mon épaule sans dire un mot.

– Ta mère était magnifique.

– Oui. En plus c'était la meilleure mère au monde. Elle était prête à tout pour nous. Quand les médecins ont diagnostiqué son cancer, il était déjà tellement avancé qu'on n'a rien pu faire. Elle avait à peine trente-cinq ans quand elle est morte. Papa s'en veut terriblement de ne pas l'avoir obligée à se faire dépister plus tôt. Il dit qu'ils ont vécu dix-sept années parfaites ensemble. Puis, elle nous a quittés. Elle pensait se faire dépister à quarante ans comme tout le monde, mais pour elle, c'était déjà trop tard.

Mason parle d'une voix triste, et je pense à la belle Eleanor qui est partie si jeune alors que ses quatre enfants et son mari avaient besoin d'elle. Heureusement pour eux, ils se serrent les coudes et ils sont restés une famille.

– On devrait faire quelque chose en son honneur.

– Comment ça ? demande Mason en fronçant les sourcils.

Plus j'y pense, plus je trouve l'idée géniale.

– Je parle du cancer du sein. Tu devrais t'impliquer auprès d'une association. Tu es un joueur professionnel de base-ball. On devrait lancer une collecte de fonds ou quelque chose comme ça, on verserait tout à l'association de dépistage de Boston. On pourrait faire faire des bracelets roses qu'on porterait tous les deux, et des t-shirts pour moi et les autres WAG. Toute l'équipe pourrait s'impliquer, si tu penses que ça peut les intéresser. Ce serait une belle chose à faire en souvenir de ta mère et ça pourrait inciter les femmes à se faire dépister plus jeunes, surtout si elles ont des antécédents familiaux. Et, cerise sur le gâteau, ce serait super pour ton image.

Mason sourit en me regardant d'un air fasciné.

– On pourrait aider les femmes comme ma mère. J'adore. Tu es un génie ! s'exclame-t-il en me soulevant dans ses bras et en me faisant tourner dans les airs. Alors, tu penses qu'on devrait commencer par quoi ?

Nous passons l'heure qui suit à dévorer le cheesecake de Mick – qui était le préféré d'Eleanor – et nous parlons des différents moyens de faire passer notre message en utilisant la renommée de Mason.

CHAPITRE 5

Nous décidons finalement de nommer la campagne « Think Pink ». Dès notre retour à Boston, Mason et moi nous mettons au travail. Nous commandons des bracelets en silicone rose que nous ferons distribuer lors de ses matchs ainsi que des t-shirts spéciaux pour les WAG, et nous payons une fortune pour tout recevoir dès le lendemain et ne pas perdre de temps. Je commande mon t-shirt moi-même et je le paie sans mettre Mason au courant, car je veux que ce soit une surprise. Il est un peu différent des autres, car j'ai fait imprimer son numéro de maillot devant et derrière, surplombé de la mention « Pour Eleanor ». C'est super-mignon et je sais qu'il sera ému.

Je reste chez lui pendant qu'il va à son entraînement et j'essaie de mettre au point un projet pour la collecte de dons. Rachel est à fond derrière nous et elle a proposé de nous aider à faire en sorte qu'on lève une belle somme d'argent tout en améliorant l'image de Mason.

Nous n'avons pas reparlé du cauchemar qu'était la soirée à New York, la semaine dernière, car elle n'a jamais semblé d'humeur à revenir dessus. Chaque fois que nous nous sommes vus, elle est restée froide et professionnelle, mais je dois trouver un moyen pour qu'elle me refasse confiance. Sinon, je ne pourrai jamais lui faire voir que Mason est capable d'être un copain sérieux. Or, pour l'instant, je ne sais vraiment pas comment m'y prendre. L'orgie dont Rachel a été témoin l'a convaincue que jamais Mason ne pourrait être intéressé par elle, et elle a sans doute moins envie d'être avec lui, à présent.

Pour moi, ça l'a rendu plus désirable, mais c'est probablement parce que je suis en manque de sexe. Il me suffit de revoir dans ma tête comment cette femme suçait Mason pendant qu'il léchait l'autre pour me faire mouiller. J'y ai longuement repensé en me masturbant, d'ailleurs, mais j'ai vraiment besoin de baiser pour de vrai, maintenant. Hélas, Mason ne m'intéresse pas, le seul homme que je désire habite à Malibu et il est en train de tourner un film avec la nana avec qui il couche pour se distraire en m'attendant.

Je soupire et je décide que j'ai besoin de renforts pour rédiger mon projet.

– Quoi de neuf, ma pute ? s'exclame Ginelle à l'autre bout du fil.

Il me suffit d'entendre sa voix pour être immédiatement heureuse, réaliser également à quel point elle me manque.

– Eh ben, j'organise une collecte de dons.

Je l'entends faire exploser une bulle de chewing-gum, puis elle éclate de rire.

– Je croyais que tu avais déjà trouvé un moyen de rembourser la dette de ton père ? Tu sais, en écartant les cuisses ! s'exclame-t-elle en riant de plus belle.

– Ce n'est pas pour moi, poufiasse. C'est pour Mason.

– Le richissime joueur de base-ball a besoin de fric ? Pourquoi ?

– Laisse-moi parler, bon sang, je vais t'expliquer. On veut améliorer son image en soutenant l'association de lutte contre le cancer du sein de Boston. Sa mère en est morte très jeune et il veut faire quelque chose en son honneur et pour le bien de la société. Il est à son entraînement, et moi je réfléchis à un événement où on pourrait lever des fonds tout en revalorisant son image. Tu piges ?

Une nouvelle bulle éclate et je lève les yeux au ciel, puis je me dis que je préfère entendre ça plutôt que ses inhalations de clopes.

– Alors, tu as pensé à quoi ? demande-t-elle.

Je ne connais personne qui ait un esprit aussi créatif que Gin. Je suis sûre qu'elle aura de super-idées. Je lui explique que nous allons organiser un gala dans un hôtel de luxe et que presque tous les joueurs de l'équipe de Mason sont d'accord pour participer. Deux de ses amis célèbres, un DJ et un chef étoilé, ont également accepté de travailler gratuitement.

– Ah, et on va organiser une vente aux enchères où les gens pourront acheter divers objets liés au base-ball ou bien des voyages que les joueurs acceptent d'offrir.

Mais j'ai besoin de quelque chose qui attirera des gens avec beaucoup d'argent. Tu as une idée ?

Ginelle reste silencieuse si longtemps que je me demande si elle n'a pas raccroché.

– Alors ?

– Je réfléchis, ne t'affole pas, râle-t-elle.

Je souris et lui accorde le temps dont elle a besoin en ouvrant un nouvel onglet dans mon navigateur pour chercher d'autres événements de charité et voir ce que les autres ont fait.

– Ok, dit-elle enfin. Donc, il y a un troupeau de joueurs de base-ball canon qui vont venir à cet événement ? Genre une vingtaine ?

– Ouais.

– Eh ben, au lieu de vendre des balles et des casquettes, pourquoi ce n'est pas eux que tu mets aux enchères ? Fais venir un commissaire-priseur et fais en sorte que les joueurs s'habillent en costard super-sexy. Ou plutôt, fais-leur enlever leur chemise ! Les femmes riches adorent ce genre de truc.

Elle n'a pas tort. Je vois bien des femmes imbibées de champagne se battre pour acheter un joueur de base-ball torse nu.

– Gin, ton idée est brillante.

– Je sais. Je suis un génie, dit-elle.

– Je suis tout à fait d'accord avec toi, ma salope.

Je m'arrête un instant pour réfléchir à son idée. Je dois convaincre les mecs d'accepter un rencard avec la femme qui les achètera. Ils devront faire ce qu'elle désire pour une durée de quatre heures. Même ceux qui sont mariés accepteront pour la bonne cause, j'en suis sûre.

– Gin, je crois sérieusement qu'on pourrait récolter énormément d'argent.

– Bah oui, ces mecs sont super-canon. Quelle pouffiasse pleine aux as n'aurait pas envie d'être vue avec l'un d'entre eux pour une soirée ?

Encore une fois, elle n'a pas tort.

– Je vais rédiger tout ça. Merci, merci, merci !

– Tu n'as qu'à me payer avec des photos des gars torse nu. Je suis sérieuse, meuf. Si tu organises ce gala et que tu ne m'envoies pas de photos, je vais trouver des milliers de moyens de te foutre la honte. Et n'oublie pas que j'ai moi aussi des photos pour prouver les conneries que tu as faites dans le passé.

– Connasse ! je m'exclame en me rappelant brusquement toutes les idioties que nous avons faites quand nous étions plus jeunes. Tu ne ferais pas ça !

– Mais si ! Tu sais ce qu'il te reste à faire. Je veux des photos de mecs torse nu sur mon téléphone. Et n'oublie pas Mason. J'en veux une de lui, aussi.

J'éclate de rire alors que Rachel entre dans la cuisine où je me suis installée. Je lui fais coucou de la main et elle sourit en allant se servir un café.

– Ça roule, j'ai compris ton chantage, espèce de pouffiasse.

Rachel écarquille les yeux et manque lâcher sa tasse. Je secoue la tête pour lui faire comprendre que ce n'est pas ce qu'elle croit.

– Tu auras tes photos, je dis à Gin. Mais tu es dure en affaires.

– Je l'ai toujours été. Ah, et Mads va super-bien, au fait. Tu sais, ce mec qu'elle voit, il est très sympa. J'ai mené mon enquête : elle est toujours vierge mais... pas pour longtemps, à mon avis. Il est mignon, il l'aime beaucoup et elle fait tout pour lui plaire. Ils sont très chou, tous les deux. Pour l'instant, il m'a l'air d'un mec sérieux. Elle pourrait faire bien pire pour sa première fois.

Je grogne et je cache mon visage dans ma main.

– Tu crois qu'elle va perdre sa virginité avec lui ? Pour de vrai ?

– Ouais. Tu sais, elle ne peut pas rester innocente à jamais, Mia. C'est une femme, maintenant. Elle a dix-neuf ans, bon sang. Ça fait tellement longtemps que j'ai perdu ma virginité, moi, que je ne me souviens pas d'une époque où je ne touchais pas des bites.

– Gin, je ne veux pas que tu parles de bite dans une phrase où tu parles de ma sœur. Tu vas me filer des boutons. Et tu n'as pas intérêt à l'encourager à coucher avec lui, sinon je vais te clouer à un mur, te couper les cheveux et te couvrir de miel pour laisser les fourmis te dévorer.

– Bon sang, tu es tordue, tu sais ? Tu ferais ça à ta meilleure amie ? Il faut que j'en trouve une nouvelle. La mienne est une psychopathe, s'écrie-t-elle en éclatant de rire.

– Tu as raison, je le ne ferais pas, mais s'il te plaît, la prochaine fois que tu la vois, demande-lui de m'appeler, d'accord ?

– Ça marche. Il faut que je raccroche, je dois aller répéter une nouvelle chorégraphie. Appelle-moi pour me raconter comment se passe le gala et n'oublie pas ma récompense !

– Eh, ma salope, je t'aime, et je suis fière de toi pour avoir arrêté de fumer. Il faut que tu restes en vie si je veux qu'on vieillisse ensemble, qu'on achète un troupeau de chats et qu'on vive dans une maison sur la plage.

– J'ai toujours aimé les chats, soupire Gin en me tendant une perche magnifique.

– Tu veux dire que tu aimes la chatte, non ? je m'exclame avant de raccrocher pour qu'elle n'ait pas le temps de répondre.

Je relève la tête et je découvre le visage choqué de Rachel.

– Quelqu'un te fait du chantage ? s'inquiète-t-elle.

– Non, c'était Gin, ma meilleure amie, je réponds en riant. On est toujours comme ça.

– Vous vous menacez toujours et vous vous insultez ?

– Euh, ouais. Tu ne fais pas ça avec ta meilleure amie ?

Elle secoue la tête.

– Non, pas du tout. Jamais. On se dit des choses gentilles, on déjeune et on fait les magasins ensemble.

Elles font les boutiques ensemble. Beurk. Gin et moi n'avons jamais fait ça. On boit des bières, on mate les mecs, on joue un peu au casino ou aux cartes, on va à des concerts. Mais jamais nous ne faisons de shopping.

– Ma pauvre. Je te plains, dis-je sincèrement.

– C'est marrant, j'allais dire la même chose de toi, répond-elle en souriant.

Alors, comme ça, Rachel n'est pas complètement passive, c'est bien. Le caractère de Mason est tellement fort qu'elle se fera dévorer si elle n'a pas un minimum de répondant.

* * *

Rachel n'a pas adoré la vente aux enchères des joueurs, mais Mason a trouvé l'idée brillante. Il s'est empressé d'appeler tous les mecs de son équipe, et lorsqu'il a eu fini, ses vingt coéquipiers s'étaient engagés à participer. J'ai trouvé des bretelles roses pour chacun d'entre eux et je leur ai demandé de mettre un beau costume. L'idée est qu'ils enlèveront leur veste, puis leur chemise, et qu'ils seront torse nu avec les bretelles roses. J'ai aussi prévu de peindre le ruban rose qui symbolise la lutte contre le cancer du sein juste au-dessus de leur cœur pour rester dans le thème.

Nous échangeons tous les trois nos idées tout en préparant à dîner, Mason fait griller des steaks sur le balcon tandis que je m'occupe de l'accompagnement, et nous trouvons plein de moyens de faire passer le mot à propos du gala. Nous invitons également le père et les frères de Mason, puisque l'idée de départ est d'honorer Eleanor. Je dis à Mason de demander à son père de trouver sa photo préférée de sa femme et de la faire agrandir pour expliquer au public la raison de ce gala. Enfin, nous nous assurons que le président de l'Association de lutte contre le cancer sera là et pourra faire un discours.

– Mia, Rachel, vous êtes les reines de l'organisation de dernière minute, dit Mason en souriant.

Il me prend par l'épaule et m'embrasse sur la joue, puis il avance vers Rachel, qui se crispe immédiatement.

Il a beau lui parler à voix basse, j'entends ce qu'il lui dit.

– Je suis désolé pour ce que tu as vu la semaine dernière. Ça n'aurait pas dû arriver. Ce n'est pas le genre d'homme que j'ai envie d'être, admet-il en la regardant droit dans les yeux.

Elle hoche la tête en silence, puis il se rapproche encore un peu et sent ses cheveux avant de l'embrasser sur la joue.

– Merci de nous avoir aidés. Tu n'y étais pas obligée.

Rachel lève la tête et cligne plusieurs fois des yeux, envoûtée par le regard vert de Mason. Il suffit de voir ces deux-là pour savoir qu'ils se plaisent. Il faut vraiment que j'arrive à les rapprocher.

– Mason, je t'aiderais avec n'importe quoi, murmure Rachel à son tour.

Il plonge sa main dans ses cheveux et saisit sa nuque tout en posant son autre main sur sa joue. Elle retient son souffle avec un cri aigu et je les regarde, fascinée, espérant qu'il est sur le point de l'embrasser.

– Ce que tu fais pour aider ma mère... compte beaucoup pour moi. Je ne l'oublierai pas. Si tu as besoin de moi un jour, je serai là. Tu peux m'appeler à tout moment, je viendrai. N'importe où. Compris ?

Il se penche et l'embrasse délicatement sur le front, comme si elle était quelque chose de précieux.

C'est alors que je comprends qu'aux yeux de Mason, Rachel est trop précieuse. Elle compte trop pour lui. Elle n'est pas comme les autres femmes et il a l'impression de devoir la manipuler avec des gants, de la toucher comme si elle était faite de verre ou de sucre. Waouh ! Mason a peut-être couru tous les jupons de la ville, mais je crois qu'il se voit à long terme avec Rachel. Je crois également qu'il ne sait pas comment s'y prendre dans ce genre de situation, face à une femme qui n'a pas juste envie de coucher avec lui. Heureusement, j'ai encore une quinzaine de jours pour les aider.

– Compris, Mace, dit-elle en souriant.

Il recule et retourne sur le balcon pour surveiller la cuisson des steaks sous le regard fasciné de Rachel.

– Tu vas vraiment me faire croire que tu ne le kiffes plus ? lui dis-je en souriant.

Elle tourne brusquement la tête vers moi et fronce les sourcils.

– Je ne vois pas de quoi tu parles. J'étais bourrée la semaine dernière, et j'ai dit n'importe quoi. Je t'ai sans doute donné une mauvaise impression quant aux sentiments que j'ai pour mon client, dit-elle en insistant sur le dernier mot.

Je penche la tête sur le côté en buvant une longue gorgée de bière.

– Je ne gobe pas tes mensonges, et Mace est loin d'en être convaincu, lui non plus. Il a deviné ton secret, ma belle. Et bientôt, il passera à l'attaque.

Rachel grogne et secoue la tête.

– Il faut que tu arrêtes avec ça, Mia. Au cas où tu l'aurais oublié, c'est toi sa copine.

– Sa fausse copine, ma belle, ne l'oublie pas toi non plus. Je fais mon job. Les fans l'adorent, on organise un gala qui va redorer son image professionnelle et qui lui fait du bien sur un plan personnel. Il aimait beaucoup sa mère et elle lui manque. Le fait que tu l'aides autant à réaliser ce souhait ne fait que prouver que tu n'es pas seulement là pour soigner l'image de Mason. Je pense que tu as beaucoup plus qu'un petit béguin pour lui, avoue-le.

Elle se mord la lèvre et finit par hocher la tête en soupirant.

– Très bien, je l'avoue. Ça fait longtemps que je tiens à lui. Je crois que je suis tombée amoureuse de lui dès que je l'ai rencontré, il y a deux ans. Mais ça ne change rien au fait que je l'ai vu enchaîner les femmes, que je l'ai vu ivre mort bien trop de fois et que j'ai passé beaucoup trop de temps à nettoyer derrière lui. Ça change l'opinion qu'on a de quelqu'un, je t'assure.

– Je sais, je suis d'accord. Mais, à l'évidence, ça ne change pas ce que tu ressens pour lui, sinon tu ne ferais pas ce que tu fais. Tu ne te serais pas proposée pour l'aider à retrouver le droit chemin. Tu tiens sincèrement à lui et tu as beau essayer de le cacher, tu n'y arrives pas. Je vois comment tu le regardes, comment ton visage s'illumine quand il entre dans une pièce. Tu es transparente, Rachel. Ça fait peut-être deux ans que tu lui caches ton jeu, mais c'est fini. Il a enfin ouvert les yeux et il est ravi de ce qu'il a découvert.

Elle frotte délicatement ses joues et me regarde d'un air inquiet.

– Comment tu peux en être sûre ? Je ne veux pas juste être une énième femme sur sa liste. Je préfère ne pas l'avoir du tout et rester dans sa vie pour toujours plutôt que de goûter à lui et de le perdre à jamais quand il se rendra compte que je ne suis pas le genre de femme qu'il aime. Si tu voyais les femmes avec qui il a été, tu saurais que je ne suis pas son genre. Sans vouloir te vexer, il aime les femmes comme toi, belles, sexy, sûres d'elles.

Elle soupire et laisse tomber sa tête entre ses mains.

– Ma chérie, je ne suis pas le genre de femme qu'on épouse. Je suis le genre avec qui on flirte et on baise. Mason ne veut pas s'engager avec une femme comme moi. Il veut ce que son père a connu : une femme, une maison, des enfants. Toi, tu es le genre à lui offrir tout ça, pas moi. Je suis une escort dont le talent est de servir dans des bars, de baiser et, peut-être, de jouer dans des films. Je ne dis pas que je ne suis pas fière de moi, mais ça ne va pas forcément m'obtenir un mec pour la vie – plutôt des mecs pour un soir. Je crois que tu devrais être plus sincère avec Mason.

– Ok... Alors, si tu étais moi, comment ferais-tu le premier pas ? Je ne sais pas comment m'y prendre, surtout après la tentative désastreuse de la semaine dernière.

– Ouais, c'était une catastrophe, je le concède. Mais tu sais, Mason est un mec assez facile.

– C'est le moins qu'on puisse dire, rétorque-t-elle en m'arrachant un éclat de rire. J'aimerais savoir comment... Je n'ai pas beaucoup d'expérience en matière de... tu sais...

– De baise ? je demande.

– Mon Dieu ! Non. Enfin si, mais j'allais dire de flirt ou de drague. Bon sang, tu es aussi vulgaire que lui.

Mince, est-ce qu'elle a raison ? Est-ce que je suis comme Mason ? Non, c'est juste que Rachel est un peu coincée, en tout cas, c'est ce que je choisis de me dire.

J'entortille mes boucles en un chignon approximatif et je les attache avec la pince qui pend au bas de mon t-shirt.

– Voilà ce que tu vas faire. Au gala, ce week-end, tu vas boire un ou deux verres de champagne pour te détendre. Tu flirteras avec lui toute la soirée. Rien de trop flagrant, mais effleure-le de temps en temps.

Je promène mon index depuis le haut de son épaule jusqu'à son coude, puis je remonte lentement.

– Peut-être que tu pourrais lui prendre la main, dis-je en prenant celle de Rachel et en la promenant dans le salon.

Je m'arrête, je me déhanche et je la regarde en battant des cils, puis je tourne la tête.

– Assure-toi de lui donner l'occasion de profiter de tes atouts.

Sur ces paroles, Rachel se mord la lèvre.

– C'est que... je n'en ai pas, marmonne-t-elle.

Je la dévisage comme si un troisième œil lui poussait au milieu du front.

– Ma chérie, toutes les femmes ont un organe qui attire le sexe opposé, je déclare en la regardant de la tête aux pieds. Tu as des jambes sublimes. Mets une robe courte. Mets un soutien-gorge push-up et choisis une robe qui montre ton décolleté.

Elle hoche la tête, alors je poursuis.

– Ah, et lâche tes cheveux. Tu te souviens qu'il a dit qu'il rêvait de voir tes cheveux détachés ? Fais-toi des grosses boucles pour qu'elles tombent dans ton dos. Si la robe est dos-nu, ce sera encore mieux.

– Pourquoi ? demande-t-elle.

Bon sang, cette femme peut-elle vraiment être aussi naïve au sujet des hommes ? Elle a vingt ans passés, bon sang. Elle doit forcément avoir une petite idée de la manière dont pensent les hommes, non ? Bien évidemment, je ne dis rien de tout ça.

– Parce que quand il verra ta peau nue, il pensera au sexe. Et s'il pense au sexe en même temps qu'il pense à toi, c'est une bonne chose.

– Mais j'ai vraiment envie d'être avec Mason, pas juste de coucher avec lui.

Cette fois-ci, je ne peux réprimer un soupir exaspéré.

– Les hommes associent le sexe aux bons moments qu'ils pourraient passer avec une femme. Pour eux, les deux vont ensemble, compris ? Alors, tu vas séduire Mason à la soirée ce week-end ? je demande en souriant.

– Je vais y réfléchir, répond-elle.

Je fronce les sourcils, mais je comprends que je ne peux pas pousser Rachel davantage. Elle a sa façon de faire, et je pense qu'après avoir réfléchi quelques jours, elle aura assez de courage pour prendre la bonne décision.

– Promis ? j'insiste.

Elle sourit jusqu'aux oreilles.

– Promis.

Mason entre dans la pièce et referme la porte derrière lui.

– Est-ce que les deux plus belles femmes au monde ont faim ?

Je secoue vigoureusement la tête.

– Tu ne peux vraiment pas t'empêcher de draguer ? je réponds en riant.

Cette fois-ci, Rachel se joint à moi alors que je m'attendais à ce qu'elle lève les yeux au ciel, comme d'habitude.

Il y a du progrès, non ?

CHAPITRE 6

Mason et moi restons bouche bée en découvrant la salle de bal de l'hôtel où se déroule le gala Think Pink ce soir. Des ballons roses gonflés à l'hélium recouvrent la totalité du plafond, et sur les murs sont projetés les nœuds roses qui symbolisent la lutte contre le cancer du sein ainsi que notre slogan Think Pink. Cerise sur le gâteau, une boule disco fait danser des éclats blancs dans toutes les directions. De petites tables hautes sont éparpillées ici et là, couvertes d'une nappe noire et décorées de bouquets de fleurs roses et de bougies. Le tout est beau et classe tout en étant jeune et branché.

Dans un coin de la salle, les serveurs reçoivent les instructions de leur chef. Les hommes portent un t-shirt rose sous leur costume et celui des femmes dit « Sauvez nos nichons ». C'est un peu vulgaire, mais c'est marrant et c'est le genre de chose qui plaît aux sportifs et à leur public.

Quant à Mason et moi, nous sommes tirés à quatre épingles. Il est vêtu d'un costard noir impeccable avec une chemise rose et des bretelles assorties, d'une cravate noire, et il porte un ruban rose sur le revers de sa veste. Ses cheveux sont coiffés en arrière et ses yeux verts balaient la salle du regard, admirant le fruit de notre travail.

– Mia... commence-t-il.

Il est resplendissant de fierté, et je le suis sans doute aussi. Mon premier gala de charité est époustouflant. Bien évidemment, c'est aussi grâce à la sublime blonde qui vient vers nous. Si je pensais être belle dans une longue robe de soirée rose bonbon à sequins, je suis loin d'être aussi canon que Rachel. Elle porte une robe bustier rose pâle en satin qui lui arrive au genou, qui est fendue jusqu'en haut de la cuisse et dont le décolleté en cœur montre juste ce qu'il faut de poitrine. Ses cheveux sont lâchés en grosses boucles, ses lèvres sont rouge coquelicot et un trait d'eye-liner met en lumière ses yeux bleus. Je ne m'attendais pas à ça : Rachel est une pin-up tout en restant élégante.

Mason reste immobile à la regarder en silence, la mâchoire contractée, le regard brûlant. Jamais il ne m'a regardée ainsi. Ce regard de braise est réservé à la grande blonde à côté de qui je me sens véritablement vulgaire dans ma robe tape-à-l'œil.

– Vous êtes canon, dit-elle en arrivant vers nous.

Mason la toise des pieds à la tête, puis il la prend par la taille, pose une main sur sa joue et la regarde droit dans les yeux. Elle ne dit pas un mot, lui accordant ce geste viril, parce que lorsqu'un homme comme Mason Murphy vous prend ainsi, vous acceptez en remerciant le Ciel d'avoir cette chance.

– Tu es magnifique, lui dit-il. Tous les hommes de la soirée vont tomber amoureux de toi.

– Il n'y a qu'un homme qui m'intéresse ce soir, répond-elle d'une voix pleine de confiance.

Si je n'essayais pas de me fondre dans le décor, je lui aurais tapé dans la main pour la féliciter de sa réplique. C'est osé et hyper-sexy.

– Ah oui ? C'est quelqu'un que je connais ? demande-t-il en effleurant sa joue du bout de son nez.

Je la vois frissonner, et c'est ma peau qui se couvre de chair de poule. J'ai l'impression de regarder une comédie romantique étrangère, sauf que je comprends ce que disent les personnages.

Rachel se lèche les lèvres et Mason suit sa langue des yeux. Ce type est cuit.

– Peut-être. Nous verrons comment se déroule la soirée, chuchote-t-elle à quelques centimètres de sa bouche.

– Eh bien... tu me gardes une danse ?

– Je ne sais pas, il faudra voir s'il me reste une place, répond-elle en souriant.

– Il t'en restera, ne t'en fais pas. Je m'en chargerai.

Elle se rapproche de lui quelques secondes avant de s'éloigner de nouveau, et j'ai l'impression que la température de la salle augmente brusquement.

Cependant, peut-être parce qu'une poignée de joueurs arrive et qu'ils sont tous plus sexy les uns que les autres, également en costume avec des chemises roses et divers accessoires assortis, j'ai hâte de savoir comment les enchères vont se passer. D'ailleurs, à ce propos, je prends Rachel par la main pour l'emmener à la table où sont présentés les biens qui sont mis en vente : des bouteilles de vins rares, des voyages, des croisières, des adhésions à des clubs privés, des locations saisonnières et ainsi de suite.

– Alors, tu as invité tout le gratin de Boston et de New York ?

– Oui, répond Rachel en ouvrant son carnet. Quatre cents personnes ont répondu présentes, et toutes sont millionnaires.

– Waouh. Je ne savais pas qu'il y avait autant de gens riches sur cette planète.

– Eh bien si, ce sont des célébrités, des sportifs, des managers, des sponsors, et cetera. Ils feront forcément un don parce que c'est bon pour leur image. C'est le cercle vicieux des gens riches, ils aiment montrer leur fric en le donnant à d'autres.

– Je me fiche pas mal de leurs raisons, du moment qu'ils ne repartent qu'après avoir fait un gros chèque à Think Pink. Tu penses qu'on arrivera à récolter cinquante mille dollars ?

Rachel éclate brusquement de rire. Elle rit si fort qu'elle pose la pointe de ses index au coin de ses yeux pour empêcher les larmes de couler et de gâcher son maquillage.

– Mia, je serais surprise qu'on ne récolte pas un *million* de dollars.

Un million de dollars. En une nuit. Je dois travailler tous les jours pendant un an auprès de mecs pleins aux as pour gagner cette somme et rembourser la dette de mon père – et Rachel pense qu'on va encaisser ça en une soirée.

– C'est incroyable.

Elle pose sa main sur mon épaule et la serre délicatement.

– Ils ont une vie très différente de la nôtre. Ne t'en fais pas, ils ont les moyens.

– Ouais, je suppose. Au moins, c'est pour une super-cause. Mason sera ravi qu'on puisse donner autant à l'association.

– Allez, il est temps que la fête commence, déclare-t-elle. Les gens vont arriver.

* * *

Les trois heures suivantes défilent à toute vistesse. Je passe mon temps à serrer des mains, goûter des petits fours, boire du champagne, danser et rire avec les WAG. Tout le monde s'éclate et, la dernière fois que j'ai vérifié, la table des voyages et autres cadeaux de luxe avait déjà récolté des centaines de milliers de dollars. Ainsi, même si les enchères des joueurs font un flop, l'association empochera quand même un demi-million de dollars.

Je me déhanche sur la piste de danse en sirotant mon champagne rosé – toutes les boissons de la soirée sont roses et coulent à flots – lorsque Rachel vient me trouver et me tire par la main.

– Ne me regarde pas comme ça, dit-elle lorsque je fais mine de bouder. C'est l'heure des enchères des joueurs ! Je nous ai gardé une bonne place.

Bien joué, Rachel. Je n'arrive pas à croire que certains des hommes les plus beaux de la planète vont se désaper devant moi et que c'est dans le cadre de mon travail. Je sors mon téléphone de mon décolleté et Rachel me regarde en secouant la tête.

– Je n'en reviens pas que tu puisses cacher ton portable dans ton soutif. Les hommes doivent adorer ta poitrine.

Je baisse la tête pour étudier mes seins.

– Je n'ai jamais eu de réclamations, je réponds en souriant.

Le commissaire-priseur que nous avons embauché monte alors sur scène.

– Mesdemoiselles et Mesdames ! lance-t-il. Ce soir, nous vous avons préparé une petite surprise rien que pour vous. En effet, étant donné que c'est une soirée de charité qui concerne les femmes, nous avons souhaité vous faire une proposition... que vous aurez du mal à refuser ! Messieurs, c'est à vouuuuuuuuus ! crie-t-il dans le micro.

Les vingt joueurs de base-ball arrivent sur scène et se mettent en ligne face à la salle. Le spectacle est superbe. Tous sont sublimes.

– Nous vous proposons donc de miser sur le jeune homme de votre choix pour remporter un rendez-vous avec un de ces splendides joueurs de base-ball ! Ils vous offriront quatre heures et vous emmèneront là où vous le désirerez – du moment que c'est en public, Mesdames, ajoute le commissaire-priseur en faisant un clin d'œil à la salle.

Le DJ lance un morceau digne des meilleurs strip-teases de Las Vegas, et un joueur de troisième base s'avance.

– Mon Dieu ! C'est Jacob Moore ! crie une femme en brandissant dans les airs la carte rose qui porte son numéro.

– Eh bien, répond le commissaire, il semblerait que l'enthousiasme soit au rendez-vous. Et si tu enlevais ta veste, Jake, pour nous montrer ce que tu caches en dessous ?

Jacob joue le jeu et enlève sa veste en souriant et en déambulant sur le podium.

– Et si nous commencions les enchères à mille dollars ? lance le commissaire.

Waouh. Mille dollars pour commencer ? Je n'en reviens pas. Bien évidemment, c'est loin d'être fini. Jacob commence à peine à déboutonner sa chemise que les enchères grimpent déjà à quarante mille dollars.

– Il faut croire que les femmes pleines aux as n'ont pas moins de libido que les pauvres, je dis à Rachel en prenant Jake en photo pour l'envoyer à Gin, qui répond immédiatement.

À : Mia Saunders
De : Ma Salope Chérie
Je te déteste. Tellement jalouse de toi. Mais n'arrête pas, c'est ce que je dirais à ce demi-dieu si je passais une nuit avec lui.

J'éclate de rire et je montre sa réponse à Rachel, qui secoue la tête.

– Je n'arrive pas à croire que tu aies enregistré ta meilleure amie sous le nom de « Ma Salope Chérie ».

– Pourquoi ? C'est drôle !

– Si tu le dis, répond-elle.

Nous regardons ensuite le joueur de champ extérieur partir pour vingt mille dollars. Puis, c'est au tour du joueur de champ gauche. Près de la scène, une femme bave pratiquement devant sa peau chocolat et il part pour cinquante mille dollars après qu'elle a commencé les enchères à vingt-cinq mille.

Je prends une photo de lui et je l'envoie à Gin.

À : Mia Saunders

De : Ma Salope Chérie

Doux Jésus. Je croquerais à pleines dents son petit cul en chocolat. Je me demande s'il fondrait dans ma main avant d'arriver dans ma bouche.

Sur ce, dans mon état d'ébriété avancé, j'éclate de rire de manière si incontrôlée que je rate un des joueurs. Je ne le dis pas à Gin, toutefois, car ça l'énervera à coup sûr, et je prends ses menaces très au sérieux.

– Alors, Rachel, on devrait semer la pagaille un peu, tu crois pas ? Obliger ces femmes à augmenter leur mise ?

– Ouais, on pourrait, mais elles s'en sortent plutôt bien sans nous. D'après mes calculs, huit mecs sont passés et on a déjà récolté trois cent mille dollars. Les deux derniers sont partis pour cinquante mille dollars chacun.

Je regarde ensuite Junior venir à l'avant de la scène et Kris, sa jolie petite amie, accourir vers nous.

– Junior m'a autorisée à miser sur lui ! s'écrie-t-elle en souriant.

Voilà qui devrait être intéressant. Presque toutes les femmes ont le béguin pour Junior Gonzalez.

– Désolée, Kris, je dis en prenant son homme en photo lorsqu'il révèle ses superbes tablettes de chocolat.

– Moi, moi ! hurle Kris. Je veux l'acheter ! Moi ! insiste-t-elle.

Je dois avouer que, cette fois-ci, je ne me contente pas que d'une seule photo. Je le prends de face, de profil, et de dos, bien sûr. Je les envoie à Gin, et mon téléphone sonne alors que des dizaines de femmes crient leur enthousiasme pour Junior.

À : Mia Saunders
De : Ma Salope Chérie
OMG ! Junior ! Je t'aime Junior ! Dis-lui que je l'aime.

Je n'ai pas encore rangé mon téléphone qu'il sonne de nouveau.

À : Mia Saunders
De : Ma Salope Chérie
Ce cul ! Que Dieu ait pitié de mon âme de salope. Je laisserais cet homme me lancer et me rattraper autant de fois qu'il le veut du moment qu'il le fait à poil et qu'il me baise à me faire perdre la tête.

Les enchères s'enflamment pour Junior et, à chaque mise, Kris fait la moue, jusqu'à ce qu'elle se mette vraiment en colère. Elle lève sa carte rose et l'agite en direction du commissaire-priseur qui ne la remarque pas, tout en fusillant les autres femmes du regard.

– Cent mille dollars ! crie-t-elle enfin.

Je manque tomber en arrière. Heureusement, Rachel me rattrape et m'aide à retrouver l'équilibre.

– Kristine ! Tu as le droit de dépenser autant d'argent ? je demande, inquiète qu'elle s'attire de sérieux ennuis avec Junior.

Elle hoche vivement la tête sans abaisser sa carte et en continuant à intimider les autres femmes, ce que je trouve hilarant.

– Il voulait faire un don à l'association, de toute manière, explique-t-elle, et de cette façon, personne ne me vole mon homme. Il m'a dit qu'il a toujours voulu faire quelque chose en l'honneur de la maman de Mace.

– Vendu à la petite blonde pour cent mille dollars ! annonce le commissaire-priseur.

Kris sourit jusqu'aux oreilles et sautille sur place. Puis, au lieu de retourner à sa place, Junior bondit au pied de la scène et, sans quitter Kris des yeux, il avance jusqu'à elle pour la prendre dans ses bras.

– Tu as été géniale, Bébé ! s'exclame-t-il.

Elle couvre son visage de baisers et je me dis que ces deux sont faits l'un pour l'autre. Je sais que d'habitude, un homme comme Junior – qui est hispanique et qui vient d'une famille pieuse et vieux jeu – choisirait d'être avec une femme latina comme lui, or il a l'air fou de Kris. Je serais curieuse de savoir comment ça va se passer lorsqu'il la présentera à sa mère. Cela dit, j'ai comme l'impression qu'il n'a rien à faire de ce que pensera sa famille.

Les joueurs continuent de se présenter un par un et aucun n'est vendu à moins de plusieurs dizaines de milliers de dollars. Le record est déjà de cent cinquante mille dollars pour un joueur lorsque c'est au tour de Mason, qui passe en dernier.

– Très bien, Mesdames, c'est désormais le tour de celui que vous attendez toutes. Mason « Mace » Murphy ! Il peut lancer une balle à cent soixante kilomètres heure, il a été en tête de toutes les listes des mecs les plus sexy de la planète, et ce soir, il est ici pour votre plus grand plaisir ! Commençons les enchères à cinquante mille dollars ! annonce le commissaire-priseur.

Des dizaines de cartes sont brandies dans les airs à travers la salle.

– Ah, alors ce n'est pas assez pour ces dames. Alors, disons cent mille !

Dix cartes restent encore levées.

Lorsque le commissaire-priseur annonce deux cent cinquante mille dollars, il ne reste plus qu'une carte en l'air.

– Est-ce que j'entends deux cent cinquante mille dollars ? Une fois, deux fois, trois fois pour la dame en satin rose !

J'écarquille les yeux et je tourne la tête vers Rachel, dont le bras est levé. Mason fait un clin d'œil à la foule et descend de la scène, marchant d'un pas ferme vers elle.

– Tu viens vraiment de m'acheter pour un quart de million de dollars ? demande-t-il d'une voix pleine d'admiration.

– La boîte m'a dit combien je pouvais miser. Tu es sur le point de décrocher plusieurs contrats pour des pubs et des sponsors, donc ce n'est qu'une goutte d'eau à côté de la commission qu'on va gagner.

Un quart de million de dollars n'est qu'une goutte d'eau ? Bon sang, j'ai vraiment choisi la mauvaise carrière.

– Je ne sais pas quoi dire, répond Mason.

– Tu peux commencer par « merci », rétorque-t-elle en souriant en coin.

Il tient son visage dans ses mains, mais les photographes prennent déjà des photos, ce qui n'est pas bon. Il la serre donc dans ses bras, lui chuchote un « merci » à l'oreille et vient à mes côtés pour m'embrasser sur la joue.

– Rachel, ce n'est pas fini. J'aimerais qu'on soit seuls ce soir, après le gala. Ne pars pas. Retrouve-moi dans ma chambre, il faut qu'on parle. Promets-moi que tu viendras, murmure-t-il.

– Je te le promets, répond-elle.

Mason m'embrasse de nouveau sur la joue, puis il part serrer les mains de celles qui ont misé aux enchères.

* * *

La soirée s'écoule tranquillement et les invités continuent de danser et de s'amuser. Lorsque Mason monte sur scène pour annoncer la fin de la soirée, il est minuit passé et j'ai les pieds en compote. J'ai besoin d'un bon bain bien chaud, et c'est justement ce que j'ai l'intention de faire dès que j'aurai regagné ma chambre d'hôtel. Mason nous a réservé une suite avec deux chambres dans ce même hôtel pour qu'on n'ait pas à conduire ou à prendre un taxi pour rentrer chez lui.

Il se racle la gorge et le bruit résonne dans les haut-parleurs tout autour de la salle de bal.

– Puis-je avoir votre attention, s'il vous plaît ?

La foule se dirige vers la scène tandis qu'un spot vient éclairer son visage.

– Je tenais simplement à remercier tout le monde pour être venu ce soir et pour votre soutien à l'Association de lutte contre le cancer du sein de Boston. Il y a dix ans, mon père a perdu sa femme et mes trois frères et moi avons perdu notre mère. Elle n'avait que trente-cinq ans, et je pense à elle tous les jours. Elle n'avait jamais fait de mammographie parce qu'elle n'avait pas quarante ans et que, même avec des antécédents familiaux, elle pensait qu'elle serait épargnée. Or, c'est arrivé. Ne perdons plus les femmes que nous aimons à cause de cette maladie.

Les applaudissements de la foule sont assourdissants.

– Même si cette soirée est en l'honneur de ma mère, Eleanor Murphy, elle est surtout pour toutes les femmes qu'il reste à sauver. C'est pour cela que j'ai l'immense plaisir d'accueillir sur scène le président de l'Association de lutte contre le cancer du sein de Boston afin de lui remettre le chèque pour toutes les donations qui ont été faites ce soir.

Mason regarde le chèque qu'il tient entre les mains et, même de loin, je vois qu'il a les larmes aux yeux.

– Je crois que j'ai quelque chose dans l'œil.

La foule rit, et moi aussi. Il secoue la tête et sa main tremble. La salle entière semble estomaquée de voir un homme si fort et sûr de lui dans un tel état.

Mick Murphy saute sur scène, passe son bras autour des épaules de son fils et le serre fort contre lui. Il est là pour lui, l'aidant à se tenir droit et fier durant ce moment chargé d'émotion. Si seulement mon père était comme lui.

– C'est avec un plaisir immense que je vous offre ce chèque d'un montant d'un million deux cent soixante-dix mille dollars, dit Mason alors que des rugissements, des cris, des sifflements et des applaudissements retentissent à travers la salle.

Je frissonne de la tête aux pieds. Nous avons levé presque un million trois cent mille dollars en une soirée ? Le président de l'association prend le chèque, visiblement très ému, et se confie à Mason.

– Fiston, ma femme est morte d'un cancer il y a quelques années. Elle aurait été fière de voir ce que vous avez fait. Si ma fille est en vie aujourd'hui, c'est grâce au travail que nous faisons et au dépistage précoce qu'elle a eu à vingt ans. Je ne vous remercierai jamais assez pour l'attention que vous avez attirée sur notre cause. Merci à toute l'équipe des Red Sox, merci à tous. À tous ceux qui sont présents ce soir et qui ont contribué à cette belle soirée. Nous allons nous empresser d'utiliser cet argent à bon escient ! conclut-il en essuyant ses larmes.

Je crois qu'aucune femme ne peut résister face à des hommes adultes qui pleurent. Toutes les femmes autour de moi se tamponnent les yeux avec des mouchoirs, et je ne fais pas exception.

Cela faisait vraiment longtemps que je n'avais pas passé une aussi belle soirée.

* * *

J'ai le plus grand mal à sortir du bain tiède. Cela fait un moment qu'il n'y a plus de bulles, que ma bouteille de champagne est vide et que j'ai fini mon panier de fraises couvertes de chocolat. J'enfile mon kimono Aubade pour aller souhaiter une bonne nuit à Mason. Il était occupé avec ses frères lorsque je suis partie et je lui ai dit que je le verrais dans sa chambre plus tard ou demain matin au petit déjeuner. Il m'a embrassée sur la bouche pour le plus grand plaisir des journalistes, il a pris mes mains dans les siennes et il m'a remerciée pour tout. Une des WAG et moi sommes montées dans nos chambres, laissant les hommes entre eux. De façon générale, je suis surprise que les choses se soient déroulées sans encombre. Nous avons récolté une somme énorme, l'événement a fait un bien fou à l'image de Mason ainsi qu'à celle des Red Sox, et un tas de gens riches auront des déductions fiscales. Surtout, la mémoire de la mère de Mason a été célébrée, et davantage de femmes seront dépistées et, je l'espère, sauvées.

J'ai l'impression d'être une Mère Teresa des temps modernes, en plus jeune et plus baisable. Je ricane toute seule en titubant dans le salon. Il est vide, mais la veste de Mason est posée sur le dossier du canapé, donc il a dû rentrer. J'arrive devant sa chambre sur la pointe des pieds et je vois une faible lumière dans la fente étroite de sa porte entrouverte.

Je me rapproche et j'entends des bruits que mon cerveau ne parvient pas à déterminer jusqu'à ce que je sois confrontée à la scène – Mason, allongé sur une femme, la prenant sauvagement par-derrière.

– Putain oui, tu es tellement serrée, grogne-t-il.

Quant à moi, je les regarde, incapable de tourner la tête. Mason remonte sa main le long du dos de la femme et il la plonge dans ses cheveux blonds. Il les pousse sur un côté et c'est alors que je vois qui est à quatre pattes. Rachel. La douce et pure Rachel en train de reculer son petit cul parfait contre Mason qui la baise brutalement.

– Tu es à moi, maintenant, Rachel. Et je vais profiter de ta chatte parfaite jusqu'à la fin de mes jours.

– Oui, bon sang, oui, Mace. Je vais... je vais... Mon Dieu !

– C'est ça, Bébé, répond Mason.

Il relève son torse et pince ses tétons entre ses doigts. Ses seins sont petits, mais ils tiennent parfaitement dans ses mains et il ne semble pas s'en plaindre. Je sais que je devrais partir. Je ne devrais vraiment pas rester là, à les regarder, mais je les trouve magnifiques. Rien à voir avec le dernier spectacle auquel j'ai vu Mason participer avec deux autres femmes. Avec Rachel, j'ai l'impression d'être face à un acte d'amour sincère.

Je me mords la lèvre et je serre les cuisses alors que Mason continue de titiller les tétons de Rachel. Mon entrejambe fourmille de manière insupportable, mais je ne peux pas faire ça. Je refuse de me masturber en les regardant. Ce serait aller trop loin.

Je commence à reculer pour les laisser en paix lorsque Mason plonge sa main entre les jambes de Rachel pour masser son clitoris. Elle se cambre tandis qu'il accélère ses allers-retours, et ils crient à l'unisson en jouissant tous les deux. C'est exotique et sensuel, c'est quelque chose que j'ai désespérément envie de vivre. Seulement, je ne sais ni quand ni avec qui. J'ai brièvement cru connaître un tel amour, mais maintenant, je suis de retour à la case départ et je suis libre. J'ai le droit d'être avec qui je veux, tout comme Wes.

Wes. Mon Dieu, je mouille de plus belle rien qu'en pensant à lui.

Je me dépêche de retourner dans ma chambre et je ferme la porte avant de me jeter sur mon lit. Je ne devrais pas, mais je ne peux pas m'empêcher. Je sors mon téléphone pour afficher les photos que j'ai prises de Wes et d'Alec. Il me suffit alors de me toucher pendant trente secondes et je crie sous l'effet de mon orgasme, étouffant ma voix contre mon bras, mordant mon peignoir alors que je tressaille de la tête aux pieds.

Hélas, la joie que cela me procure n'est que de courte durée et, étendue sur mon lit dans ma chambre silencieuse, je me sens affreusement seule. Pour la première fois de ma vie, je me sens véritablement seule au monde.

CHAPITRE 7

Après notre gala de charité, plusieurs sponsors approchent Mason. Il s'avère que lorsqu'un jeune joueur de base-ball professionnel devient philanthrope, toutes les organisations ou entreprises sportives, aussi petites soient-elles, veulent leur part du gâteau. Rachel passe donc la semaine à gérer toutes les demandes d'interviews et de pubs.

Quant à moi, je continue de jouer le rôle de la belle petite amie dévouée tout en me goinfrant de bière et de base-ball. C'est tout simplement génial. C'est ma troisième semaine à Boston et je sais que je vais regretter ce train de vie si facile. Certes, je vais bientôt rencontrer un autre homme plein aux as qui a besoin de moi pour une raison ou pour une autre, et le cadre sera sans doute super mais, hélas, ça ne comblera pas le manque d'affection que je ressens. Une fois qu'il a cessé de se comporter comme un imbécile, la vie auprès de Mason s'est avérée très confortable. Il est drôle, intelligent, et il sait profiter de la vie. Cela fait longtemps que je ne me suis pas sentie aussi jeune. Je n'ai rien d'autre à faire que de penser à moi-même. Mason m'apprécie pour qui je suis et nous nous entendons comme de vieux amis alors que cela ne fait pas un mois que nous nous connaissons.

La bonne nouvelle, c'est que Rachel vient plus souvent chez lui. Ils sont super-mignons ensemble, et Mason fait tout pour lui plaire. Je me demande comment ça se passera lorsque je ne serai plus là. Cela fait trois semaines que les fans et le public me voient comme la copine dévouée qui est dingue des Red Sox et qui a aidé son copain à organiser un immense gala de charité.

– Eh Mace, tu crois qu'il faut qu'on mette au point une sorte de plan pour se séparer ? je demande en remuant les œufs brouillés dans la poêle.

C'est à mon tour de préparer le petit déjeuner et Mason mange une quantité surprenante de protéines, donc je cuisine une douzaine d'œufs, dont dix seront dévorés par ses soins.

Il prend une tranche de bacon dans l'assiette et la mâche d'un air pensif.

– Je ne sais pas. On devrait poser la question à Rach. À mon avis, on va devoir cacher notre relation pendant quelques semaines pour que les médias ne me voient pas passer d'une nana à une autre, tu ne crois pas ?

Je hoche la tête en ajoutant du fromage râpé dans la poêle ainsi que du sel et du poivre.

– Ouais, ça semble logique. Comment ça se passe entre vous, d'ailleurs ?

Je ne parle pas d'un point de vue sexuel, car j'entends leurs ébats de l'autre bout du couloir. Ils feraient bien d'essayer d'être plus discrets, d'ailleurs.

Il vole une deuxième tranche de bacon et s'appuie contre le plan de travail pendant que je remplis les assiettes. Je les pose sur le bar, où Mason et moi aimons manger, car la salle à manger nous semble trop formelle pour tous les deux.

– Ça se passe bien, répond-il en souriant. Je n'aurais jamais imaginé qu'une sauvageonne se cachait sous ses tailleurs, mais bon sang, je suis l'homme le plus heureux sur terre.

Je ricane et manque m'étouffer sur mes œufs brouillés, Mason me frappe le dos jusqu'à ce que ça passe.

– Une sauvageonne ? Tu es sérieux ?

Il hoche la tête et sourit jusqu'aux oreilles.

– C'est le meilleur coup de ma vie.

Je le frappe sur le bras. Il se masse en continuant de sourire.

– C'est vrai ! s'exclame-t-il. Elle a l'air mignonne et proprette en tailleur, mais à la seconde où elle l'enlève... bon sang, Mia, cette nana est une vraie cochonne.

– Je suis ravie pour toi, Mace, je réponds en souriant. Tu crois que ça peut devenir sérieux entre vous ? je demande en essayant de masquer à quel point je suis excitée pour eux.

Il hoche la tête.

– C'est déjà sérieux. Je ne peux pas imaginer qu'un autre homme mette la main sur elle. Ça me rend dingue rien que d'y penser. Je me dis que si j'ai la nausée en l'imaginant avec quelqu'un d'autre, ça doit vouloir dire quelque chose, non ?

– Je suis d'accord.

– Du coup, je me suis dit que je pouvais lui en parler demain soir, quand on sera à Seattle.

Seattle. Nous allons à Seattle ?

– On va à Seattle ?

– Ouais. L'avion part aux aurores demain. On y reste deux jours, pour trois matchs. Ressaisis-toi et prépare-toi, ma douce, dit-il en terminant son assiette.

Je me lèche les lèvres à l'idée que je vais peut-être pouvoir éloigner momentanément la solitude qui m'a suivie toute la semaine.

– Euh, j'ai un ami à Seattle. Pendant que Rachel et toi vous... tu sais... ça te gênerait que je le voie ?

Mason écarquille les yeux en souriant.

– Tu as un ami ?

Je le regarde en fronçant les sourcils.

– Ouais, ça te surprend que j'aie un ami ?

– Quel genre d'ami ? demande-t-il d'une voix amusée.

– Qu'est-ce que ça peut te faire ? je rétorque sèchement.

Ça ne le regarde absolument pas et je n'ai aucune intention de me confier à lui.

– Rien, je voulais juste t'agacer. Je me fiche de qui tu baises, du moment que la presse n'apprend pas que ma fausse copine me trompe.

Je souris et le regarde en jouant des sourcils.

– Je sais rester discrète.

Mason se lèche les babines et sourit à son tour.

– Je n'en doute pas, ma douce.

* * *

Notre vol a été retardé par la pluie, qui nous accueille en trombe lorsque nous atterrissons à Seattle. Cela fait une heure que le match aurait dû commencer, mais cela n'a pas découragé les fans des Mariners[5] qui ont attendu – sans doute sont-ils habitués à la pluie.

À : Alec Dubois
De : Mia Saunders
Salut Frenchie... Je suis en ville pour deux jours. Tu es libre ce soir ?

Je n'arrive pas à croire que je fais ça. Je n'ai pas parlé à Alec depuis que je suis partie il y a bientôt deux mois.

À : Mia Saunders
De : Alec Dubois
Ma jolie, je te retrouve où tu veux. Est-ce que c'est ce qu'on appelle un « plan cul » ?

J'éclate de rire en imaginant Alec prononcer ces paroles avec son accent français. Je serre mon téléphone contre moi, me sentant déjà infiniment plus légère et beaucoup moins seule.

À : Alec Dubois
De : Mia Saunders
Ça t'intéresse ?

5. Équipe de base-ball de Seattle.

À : Mia Saunders
De : Alec Dubois
Tu as vraiment besoin de poser la question ? Ne t'habille pas trop. Je veux voir ta peau parfaite dès que tu ouvriras la porte.

Ma peau parfaite. Il veut voir ma peau parfaite. Il a toujours su montrer combien il aimait mon corps Je repense à ses doigts caressant ma hanche, puis ma taille et mes seins. Je repense à ses chuchotements, me disant de belles choses en français. Alec me faisait croire que j'étais belle. À tous les niveaux.

Soudain, des bouffées de chaleur parcourent mon corps, déferlant dans mes veines et embrasant mon sang à l'idée que je vais revoir Alec. J'ai hâte !

* * *

J'ouvre la porte, et voilà Alec Dubois, mon Frenchie. Je n'ai pas le temps de lui dire bonjour qu'il passe son bras autour de ma taille pour m'attirer contre lui et me soulever dans ses bras. Sa bouche s'empare de la mienne et je passe mes jambes autour de sa taille. Il se tourne, claque la porte et m'appuie contre le bois. Son sexe dur se frotte contre mon entrejambe mouillé. Je gémis et j'ouvre plus grand la bouche pour y accueillir sa langue.

J'avais oublié à quel point j'aimais les baisers d'Alec. Quand il m'embrasse, c'est de tout son corps et de toute son âme, avec toute sa passion, son désir, sa grâce et sa beauté. Il finit par reculer la tête pour poser son front contre le mien.

– *Ma jolie.* Ton amour m'a manqué, chuchote-t-il.

Des larmes emplissent mes yeux et je plonge mon regard dans ses superbes pupilles ambrées. Je mordille sa lèvre et promène la pointe de mon nez dans son cou.

– Tu m'as manqué, toi aussi. Je ne savais pas à quel point jusqu'à ce que je te voie devant moi.

Il pose ses mains dans mon cou et caresse mes lèvres avec ses pouces tandis que ses yeux semblent faire l'inventaire de mon visage pour en cataloguer le moindre détail.

– Tu as été triste, *ma chérie*. Pourquoi ?

Je secoue la tête, car je n'ai pas envie de parler de ça maintenant.

– On en parlera plus tard. Pour l'instant, est-ce que tu as faim ? Je peux t'offrir quelque chose ?

Alec appuie son érection contre mon ventre et mon sang se met à bouillir dans mes veines. Je resserre mes jambes pour le rapprocher de moi alors que son regard brille avec une intensité qui m'a manqué. C'est le regard d'un homme qui est impatient de posséder une femme.

– Je n'ai faim que de toi et de ton sexe sucré, *ma jolie*.

Et revoilà mon Frenchie cochon.

Sans plus un mot, il m'emmène à ma chambre et ferme la porte derrière nous. Il pose un genou sur le lit et se penche en avant pour m'allonger avec une délicatesse infinie – comme si j'étais aussi précieuse qu'une de ses toiles.

– Déshabille-toi, dit Alec en se redressant. Je veux te voir révéler ta lumière.

Sa façon de parler et son regard de braise m'excitent à n'en plus finir. Sans la moindre pudeur, je me dresse sur les genoux et je passe ma minuscule robe au-dessus ma tête. Je ne porte rien dessous.

– *Tu es encore plus belle qu'avant,* dit Alec en français.

Ses mots glissent sur mon corps comme une caresse. Je n'ai pas besoin de parler sa langue pour savoir ce qu'il a dit. Ses yeux révèlent tout ce que j'ai besoin de savoir.

– Il n'y a que toi qui le penses, je réponds en secouant la tête.

– Tu ne te vois pas comme le reste du monde te voit, ajoute-t-il en posant une main sur ma joue.

– Tu n'es pas le reste du monde, Frenchie, je rétorque en riant.

Alec tapote ma lèvre, et je prends son pouce dans ma bouche pour le sucer et le titiller avec ma langue. Soudain son regard s'assombrit.

– Oh, *Chérie,* as-tu oublié ce que tu as appris pendant que tu étais avec moi ? chuchote-t-il en enlevant son t-shirt, révélant ces pecs carrés et ces abdos que j'aimais tant mordre.

– Je n'ai pas oublié combien j'aimais ton corps, je réponds alors que ma respiration accélère.

Il tend les mains et empoigne mes seins, serrant et massant mes globes lourds comme s'il redécouvrait mon corps. Un cri m'échappe lorsque ses pouces effleurent mes pointes dures, et il inspire profondément dans mon cou comme pour avaler mon odeur.

Je ferme les yeux et gémis en penchant la tête en arrière pour m'offrir à lui.

– J'adore que tu me touches.

Une sensation mouillée couvre mon sein droit, puis je sens ses dents mordiller ma peau sensible.

Une nouvelle décharge de désir électrifie mon corps lorsqu'il mord plus fort mon téton, et des frissons se propagent tout droit entre mes cuisses. Mon clito se met à pulser en se languissant de ses caresses, impatient qu'Alec le dévore. Il passe de longues minutes sur mes seins, à les sucer, les pincer, les mordre. Mon bassin dessine des cercles, cherchant n'importe quoi pour s'y frotter.

– Alec, je gémis.

Je le vois sourire contre mon téton, puis il recule la tête et me regarde. Je suppose qu'il voit une femme prête à être baisée. Seulement, Alec ne baise pas. Il fait l'amour.

Ses mains descendent sur son jean, qu'il déboutonne et qu'il baisse, libérant son sexe épais qui perle déjà en son sommet. Je me penche en avant pour lécher la petite goutte crémeuse et je souris en redécouvrant son goût.

– *Oui mon amour*, soulage-moi pour que je puisse te savourer.

Je suis à quatre pattes face à lui et il plonge sa main dans mes cheveux pour enfoncer sa queue dans ma bouche. Je l'avale profondément dans ma gorge, comme il l'aime tant.

– *Si bon*, chuchote-t-il.

Il n'a pas tort. Tailler une pipe à Alec est incroyable. Son goût et son odeur me rappellent de merveilleux moments de sexe, de rires, d'amour et d'amitié – toutes les choses qui me manquent aujourd'hui. Avec Alec, je n'étais pas seule.

Je redouble d'efforts en prenant sa queue dans ma bouche, titillant son gland, lapant chaque goutte de liquide pré-séminal comme un chaton devant un bol de lait. Il me regarde l'engloutir et lorsque je lève la tête, je découvre que ses narines sont dilatées, ses yeux entrouverts et que sa bouche est tordue par le plaisir que lui procure ma bouche. Ensuite, sans prévenir – mais Alec ne prévient jamais –, il se déverse en moi et remplit ma bouche de son essence chaude. Je l'avale en le vénérant jusqu'à ce que sa main empoigne mes cheveux pour se retirer de ma bouche.

– Oh, *ma jolie*, ce soir, je vais t'aimer pour te rappeler comment tu dois t'aimer toi-même. Ce que tu viens de faire, ma superbe Mia, c'est le début parfait pour cette soirée.

* * *

Nous venons de nous doucher après deux superbes parties de jambes en l'air.

– Merci d'être venu ce soir, dis-je en me nichant contre son torse nu.

Il promène sa main sur mon bras et mon épaule, dessinant des motifs invisibles, puis il frotte sa mâchoire barbue sur le dessus de ma tête.

– Pourquoi es-tu si seule alors que tu es payée pour être avec quelqu'un ? demande-t-il d'une voix curieuse.

Je lèche son téton, puis je l'embrasse avant de répondre.

– Je ne couche pas avec tous mes clients, Alec.

– Ah bon ? Vraiment ?

– Vraiment, je réponds en riant.

– Je ne comprends pas. Pourquoi – alors qu'ils te paient pour être avec eux – tu n'es pas avec eux de la plus belle manière qui soit ?

Je glousse de nouveau contre son torse. Je ne suis pas surprise qu'Alec ne comprenne pas.

– Tu sais, je n'étais pas obligée de coucher avec toi.

Il étudie mon visage et je sais qu'il essaie de comprendre quelque chose.

– *Chérie,* toi et moi étions faits pour nous aimer. Il n'y a jamais eu le moindre doute, *si* ?

– *Non,* je réponds. Mais ce n'est pas le cas avec tout le monde. Je ne suis pas payée pour baiser.

– Je ne baise pas, rétorque-t-il en grognant.

Je lève la tête, pose mes mains sur son torse, puis j'appuie mon menton sur mes mains.

– Je sais. Et j'adore ça chez toi. Tu m'as appris comment aimer la personne avec qui on est, mais ça ne veut pas toujours dire qu'on doit systématiquement coucher avec elle.

Il fronce les sourcils et me regarde d'un air stupéfait.

– Pourquoi pas ? Tout le monde a besoin de se détendre et d'une connexion physique. Faire l'amour est le meilleur moyen d'être apaisé.

Je ne suis pas surprise que mon Frenchie voie les choses ainsi.

– Eh ben, le client après toi était homo, et en couple, je réponds en haussant les sourcils.

– Et alors ? Tu aurais pu leur faire l'amour à tous les deux.

Il me tire sur lui de sorte que je le couvre entièrement, puis il empoigne mes fesses et écarte mes jambes. Je le sens durcir sous moi. Alec est de loin l'homme le plus viril que je connaisse. Il a dit qu'il me ferait l'amour toute la nuit et je ne doute pas que je m'évanouirai d'épuisement avant qu'il en ait fini avec moi.

Du bout de la langue, je dessine un trait d'un téton à l'autre et je les suce jusqu'à ce qu'ils durcissent.

– Ç'aurait été une première, c'est sûr, mais ce n'était pas comme ça avec eux.

– Je n'arrive pas à comprendre. Mais peu importe. Continue.

Je penche la tête sur le côté et retrace sa moustache et sa barbe du bout du doigt. Ses longs cheveux châtain roux ont séché et sont superbement ondulés.

– Ensuite, il y a le mec avec qui je suis maintenant. Le joueur de base-ball. Au début, je pensais vouloir coucher avec lui. Mais, en fait, il aime quelqu'un d'autre.

– Ah. Et l'autre femme n'aime pas partager. Alors pourquoi a-t-il besoin de toi ? demande-t-il.

J'ai du mal à me concentrer sur sa question, car il choisit ce moment pour plonger un doigt en moi par-derrière. Ensuite, il me doigte lentement jusqu'à ce que je mouille assez pour accueillir un second doigt.

– Tu disais ? insiste Alec en souriant jusqu'aux oreilles.

– Euh... ouais. Eh bien, il s'est comporté comme un enfoiré quand on s'est rencontrés, et ensuite je l'ai aidé à... Mon Dieu, Alec...

Je laisse tomber ma tête sur lui et je recule les fesses contre ses doigts pour l'aider à toucher le bon endroit.

– ... euh... séduire celle qu'il voulait.

– Dommage pour lui, mais c'est mieux pour moi, répond Alec en se léchant la lèvre.

Il enfonce profondément ses doigts en moi et j'écarte les jambes autant que je peux en gémissant. Je suce ensuite son téton et le mordille alors qu'un orgasme se prépare dans mon bas-ventre. Lorsque je lève brusquement la tête pour crier, il me fait rouler sur le dos et descend entre mes jambes en déposant en route de petits baisers.

– Je veux ta *crème* sur ma langue, *ma jolie*. J'ai besoin de me rappeler ton goût. Maintenant, je vais te manger. Tu as fini de raconter tes histoires ?

Bon sang, quel talent ! Je pousse sur mes talons pour approcher mon sexe contre son visage, et il pousse un grognement en plongeant sa langue aussi loin que possible dans ma chatte. Ses doigts écartent mes lèvres alors qu'il frotte sa moustache et sa barbe partout sur mon sexe.

– Je veux ton odeur sur moi quand je dors. Comme ça, je rêverai de ma superbe Mia. *Oui, ma chérie !*

– Putain, oui ! je grogne avant de pousser un cri strident lorsqu'il suce mon clitoris plus fort.

Alec prend son temps entre mes jambes, me suçant, me baisant avec un doigt, me mordillant. Il dépose même un suçon sur l'intérieur de ma cuisse. Il m'emmène au bord de l'orgasme plusieurs fois avant de faire marche arrière, et je suis bientôt folle de désir, désespérée de jouir enfin. Je mouille tellement que des gouttes glissent entre mes fesses, et Alec ne les gaspille pas. Il aplatit sa langue sur l'orifice qu'il aime tant et il boit mon jus. Mes joues se creusent et je me cambre, puis, lorsqu'il mordille mon clito, je jouis enfin en hurlant comme une hystérique. Je jouis encore lorsqu'il enfile un préservatif pour s'enfouir en moi et me baiser plus fort que jamais. Nous sommes sauvages, hors de contrôle, et nous baisons comme si nous n'allions plus jamais en avoir l'occasion.

– J'aime ton corps.

– J'aime ton sexe.

– J'aime ton cœur.

– J'aime ton âme.

– Je t'aime, Mia.

Nous passons la soirée et la nuit à faire l'amour. C'est une des expériences sexuelles les plus passionnées de toute ma vie. Il nous fait jouir de nouveau et, lorsque les vestiges de son essence ont fini de se déverser dans mon sexe chaud et pulsant, il s'effondre sur moi. Nous nous endormons tous les deux, toujours liés physiquement, émotionnellement et mentalement.

CHAPITRE 8

Je me réveille en plein orgasme, la tête d'Alec entre mes cuisses. Puis, sans même un « bonjour », il enfile une capote. J'ai cessé de compter combien nous en avons utilisé la veille. Il se faufile lentement entre mes lèvres gonflées qui n'ont jamais été autant sollicitées. La sensation n'en est pas moins divine. Ma pauvre chatte se contracte, soulagée que cette fois-ci ses allers-retours soient plus lents. Nous savons tous deux que ce sera la dernière fois, mais je n'ose pas dire que c'est la dernière de toute ma vie. J'ai revu Wes, et maintenant Alec, donc je ne peux être sûre de rien.

Lorsque nous avons fini, il remet ses vêtements de façon méthodique.

– J'ai adoré cette nuit avec toi, *ma jolie*. La prochaine fois que tu es en ville, ou que tu as besoin que je te rappelle que quelqu'un t'aime, appelle-moi, *oui* ?

Je hoche la tête, je me lève et j'enfile mon kimono pendant qu'il attache ses cheveux. Bon sang, j'adore ce chignon fouillis qu'il porte. Je me hisse sur la pointe des pieds pour l'embrasser, et il me serre fort dans ses bras.

Il recule la tête pour m'embrasser sur le nez.

– J'ai beaucoup de travail– sinon j'aurais passé la journée à te dévorer, dit-il.

Il prend mes joues dans ses mains et concentre ses yeux ambrés sur mon visage triste.

– La tristesse ne te sied pas. Est-ce que tu es triste à cause d'un homme ?

Je ferme les yeux en repensant à ce coup de fil. Mon Dieu, je regrette tellement de l'avoir appelé. J'aurais simplement pu lui écrire, comme ça, nous aurions continué comme avant, satisfaits d'être tous deux amoureux. Or, voilà que je fais la même chose que lui – je me perds dans une partie de jambes en l'air à en perdre la tête. Du sexe absolument fabuleux, mais qui n'est pas avec la bonne personne.

– Ouais, c'est à cause d'un homme. Mais, tu sais, de t'avoir vu et d'avoir aidé Mason à avoir cette femme, je me rends compte que ça fait partie de l'aventure. Le chemin que j'ai à parcourir cette année est long, et si, en fin de compte, je suis censée être avec un certain homme, alors je le serai.

Alec hoche la tête et je souris. Il coiffe mes cheveux en arrière et caresse ma joue.

– *Ma jolie*, tu es très jeune. Prends le temps de profiter de la vie et de tout ce qu'elle peut t'offrir. Y compris les plaisirs charnels, *oui* ?

Je sais ce qu'il essaie de me dire, et cela renforce l'idée que cette année est pour moi, et pas pour moi *et* quelqu'un d'autre. Il s'agit de sauver mon père et de découvrir qui je suis vraiment. J'irai partout où m'emmènera cette aventure. Alec a raison. Je suis jeune et je ne suis pas dans une relation sérieuse, et Wes ne l'est pas non plus. Je ne peux pas lui en vouloir d'avoir cherché une connexion avec quelqu'un d'autre. Je l'ai fait aussi, et c'est génial. Je me sens rafraîchie et prête à affronter tous les obstacles que la vie mettra sur mon passage.

– Tu sais, tu es assez génial, Frenchie.

Alec sourit jusqu'aux oreilles et je vous jure que je le ressens dans mon clitoris.

– Je sais, *Chérie*.

Il se penche et m'embrasse tendrement.

– En revanche, toi, tu dois te rappeler que tu es un cadeau pour le monde entier.

Alec a toujours su trouver les mots pour me consoler ou m'exciter.

Je prends sa main pour l'accompagner dans le salon. Je suppose que ce n'est pas la peine d'espérer que Rachel et Mason soient déjà sortis – et lorsque je regarde par la fenêtre, je découvre qu'il pleut des cordes. Donc, l'entraînement sera soit repoussé soit annulé.

Contre toute attente, Rachel et Mason sont assis à table, devant ce qui ressemble davantage à un déjeuner qu'à un petit déjeuner. Merde, quelle heure est-il ?

Mason voit Alec, puis il m'étudie, dans mon kimono, les cheveux en bataille, les joues sans doute rosies par mon orgasme récent. Toute mon apparence doit crier « Je viens de me faire baiser ».

– Salut ma douce, bien dormi ? demande Mason en souriant.

Alec répond à ma place.

– Je ne dirais pas que nous avons dormi, dit-il en jouant des sourcils.

Mon Frenchie est incorrigible. Rachel ne dit pas un mot. Elle nous dévisage, bouche bée, sa fourchette arrêtée à quelques centimètres de sa bouche.

– Euh, je vous présente Alec. Alec, voilà Mason et sa copine, Rachel.

Rachel laisse tomber sa fourchette dans son assiette et se racle la gorge.

– Euh, salut ?!

C'est la première fois que je vois cette femme – d'habitude si pro et maîtrisée – perdre ses moyens face à quelqu'un d'autre que le joueur de base-ball qui est assis à côté d'elle.

Mason hoche la tête, et je prends Alex par la main pour le reconduire à la porte. Nous ne sommes pas vraiment hors de leur vue, en même temps Alec se fiche de ce que pensent les gens. Au lieu de sortir dans le couloir, il me tire contre lui, pose une main sur ma fesse, l'autre sur ma nuque, et il me serre contre lui pour dévorer ma bouche. C'est le plus beau baiser d'adieu de toute ma vie.

Il ne me libère que lorsque je suis à bout de souffle.

– *Je t'aime*, Mia, dit Alec d'une voix sincère.

Je sais que j'ai une place dans son cœur et que cette place sera toujours mienne, ça me suffit.

– Je t'aime aussi, Alec.

Je le regarde se diriger vers l'ascenseur.

– À une prochaine fois, *ma jolie*, dit-il quand les portes se referment sur lui.

Je tourne les talons et reviens vers la table, où Mason me tend la moitié de son club sandwich. Je m'assieds et mords dedans, soudain affamée.

Aucun des deux ne dit mot, jusqu'à ce que Mason se tourne entièrement vers moi.

– Alors, tu aimes ce mec ?

– Ouais, mais pas de la manière que tu penses. Je ne suis pas amoureuse de lui. Mais on tient l'un à l'autre. Quand on est ensemble, on est ensemble, il n'y a que nous. Mais la plupart du temps, on est séparés.

Rachel secoue lentement la tête.

– Je ne comprends pas. Il a dit qu'il t'aimait. En français. Mon Dieu, c'était super-sexy, ajoute-t-elle alors que Mason la fusille du regard. Pardon, marmonne-t-elle.

Elle baisse la tête et se concentre sur son assiette.

Je ramène mon pied sur ma chaise et me concentre sur mes deux amis en décidant que je n'ai rien à cacher. Il faut que je sois moi-même, que ça plaise ou non. Si ce sont mes amis, ils accepteront qui je suis.

– Alec était un client. On a couché ensemble, et c'était génial. Il m'a beaucoup appris à propos de l'amour qu'on peut avoir pour les autres et pour soi même. Donc oui, je l'aime. Mais ça ne veut pas dire que je veux l'épouser et avoir des bébés avec lui. C'est plutôt que... j'adore qu'il me baise et je tiens à lui et je l'aime comme un ami. Vous comprenez ?

Mason et Rachel secouent tous les deux la tête, et je pousse un grognement.

– Je ne peux pas l'expliquer. Mais ne vous inquiétez pas pour moi.

– D'après ce qu'on a entendu, il t'a assez baisée pour rattraper le temps perdu. Bon sang, chaque fois que je t'entendais crier, je bandais et j'ai sauté Rachel tellement de fois hier soir que je crois que ma bite a une tendinite.

Rachel et moi lui mettons toutes les deux un coup de poing sur le bras.

– Aïe ! s'exclame-t-il en se frottant. Eh, tu as aimé ça, toi aussi, dit-il en désignant Rachel, qui rougit immédiatement.

Je finis le sandwich et je me lève.

– Je vais me doucher.

– À plus, espèce d'obsédée ! répond Mason.

– C'est l'hôpital qui se fout de la charité ! Venant de toi, je le prends comme un compliment...

Mason pourrait être une version masculine de ma Ginelle. Ça serait sympa.

– Vous êtes tous les deux des enfants, répond Rachel alors que je ferme la porte de ma chambre.

* * *

Mason et les Red Sox remportent leur match à Seattle. Tout le monde est de super-bonne humeur, et cela se voit. Lorsque nous rentrons à Boston, nous descendons de l'avion et prenons un taxi pour nous rendre au Black Rose, le pub où Brayden, le frère de Mason, travaille. Il est temps de fêter la victoire et toute l'équipe est prête. Des dizaines de mecs sortent de leur taxi, un par un, et remplissent peu à peu le pub.

« We are the Champions », de Queen, retentit dans le bar, lancée sur le jukebox par une jolie serveuse. À seize heures un jour de semaine, le bar était pratiquement vide avant que l'équipe arrive, et celle-ci se fiche du jour et de l'heure. Ils ont joué comme des stars sur le terrain et, maintenant qu'ils ont quelques jours de repos, ils sont prêts à se détendre, une bière à la main. Les WAG prennent leur place à côté ou sur les genoux de leur joueur, et tout le monde se met à boire.

Plusieurs heures plus tard, je me sens particulièrement heureuse.

– Mace, je vais rentrer, dit Rachel en s'approchant de lui, mais pas assez pour éveiller les soupçons des joueurs.

Personne en dehors de Junior ne sait que Mason se tape Rachel, et pas moi.

– Bébé, non, tu ne veux pas m'attendre chez moi ? demande-t-il en lui lançant le regard d'un chaton abandonné.

– Je travaille demain, répond-elle en secouant la tête. J'ai de la lessive à faire et j'ai envie d'être en forme au boulot. Si tu veux, je passerai demain midi ?

Il hoche la tête et pose une main sur son cou. Rachel ouvre grand les yeux, tout comme moi, et nous regardons autour de nous pour nous assurer que personne ne nous regarde, or tout le monde est occupé à boire et à s'amuser.

– Mace ! je gronde.

Heureusement, il se contente de tapoter son épaule.

– Tu vas me manquer, Bébé. À demain.

Rachel sourit tendrement et me prend dans ses bras.

– Tu t'occupes de lui ?

Je la regarde en fronçant les sourcils bien trop sérieusement, puis je lève ma main sur ma tempe en guise de garde-à-vous.

– Oui, M'dame !

– Je vous jure, vous êtes vraiment des enfants, répond-elle en secouant la tête avant de tourner les talons.

Mason la regarde partir en matant son cul qui est très beau, je dois l'avouer. Il est petit, mais elle sait le mettre en valeur.

– Bon sang, regarde-moi ce cul. Je meurs d'envie de le mordre, grogne-t-il avant de finir sa bière cul sec. Ça te dit qu'on se la colle et qu'on rentre en taxi ?

C'est alors que Brayden fait le tour du bar pour venir à nous.

– Ça va, vous deux ? demande-t-il.

– On va passer aux choses sérieuses. Il va nous falloir des shots et des bières. Mia, on va jouer à un jeu !

– J'adore les jeux. Comment ça s'appelle, j'ai peut-être déjà joué ? je réponds en me hissant sur un tabouret.

– Ça s'appelle le *Biskit.*

– Ça roule, ma poule. Ma pote Gin et moi en avons pratiquement écrit les règles !

Mason sourit, diabolique.

– Allez, frérot, sors-nous les dés et prépare-nous à boire !

J'enlève mon sweat à capuche des Red Sox et je le mets sur le dossier de mon tabouret, ce qui me laisse en débardeur noir et moulant. Mes seins fabuleux sont clairement à la vue de tous, et Mason baisse les yeux en souriant.

– Tu triches, dit-il. Tu essaies de me distraire, ou quoi ?

– Eh bien, il va nous falloir d'autres joueurs, je réponds en riant.

Junior et Kris sont assis près de nous, alors nous les incluons au jeu et Mason leur explique les règles. C'est alors que la fête commence vraiment.

* * *

– Biskit ! s'exclame Mason lorsqu'il fait un double trois avec les dés.

Ce qui veut dire qu'il est enfin libéré de son sort.

Le jeu consiste à lancer deux dés. Le résultat obtenu indique ce que doit faire le joueur. Par exemple, si le total des chiffres est neuf, le voisin de droite du lanceur doit boire une gorgée. Mason a été le premier à obtenir un trois, donc il a eu la malchance d'être le Biskit, ce qui signifie que dès qu'un autre joueur a obtenu un trois, il a dû boire un shot cul sec. Son double trois vient enfin de le libérer, et ce n'est pas trop tôt, car il est ivre mort.

À la fermeture du bar, je suis aussi ivre que Mason, car j'ai pris le relais du Biskit. Nous n'avons pas vraiment dîné, même si nous avons grignoté des frites et des nachos durant le jeu. J'ai essayé de boire un verre d'eau chaque fois que Brayden en a posé un devant moi, mais je crois que les verres d'eau ont été séparés par au moins trois bières et deux shots.

Brayden nous appelle un taxi, donne au chauffeur plusieurs billets qu'il prend dans le portefeuille de Mason, puis il dit au chauffeur où nous emmener.

Nous animons notre retour à la maison en chantant à tue-tête des airs et des hymnes de base-ball. Nous sortons du taxi, remontons l'allée jusqu'à la porte de Mason en titubant et nous appuyons à la porte en bois.

– Comment on fait pour rentrer ? bafouille-t-il.

Je vacille et je regarde autour de moi. Sa rue est superjolie. Des taches colorées égaient la nuit et le vent fait voler mes cheveux et me donne la chair de poule.

– J'adore ta rue. Elle est comme une œuvre d'art.

Je commence à redescendre une marche, mais Mason saisit mon bras avant que je ne dévale l'escalier sur les fesses.

– Les clés ! s'exclame-t-il comme s'il venait de gagner au loto.

Il plonge sa main dans sa poche et il en sort un trousseau de clés qu'il agite fièrement.

– Yes ! je crie à mon tour.

J'essaie de taper dans sa main, mais je la rate et je frappe la porte à la place.

Nous parvenons à ouvrir la porte, non sans difficulté, et nous titubons dans le hall d'entrée. Nous nous appuyons l'un sur l'autre pour gravir l'escalier jusqu'au premier étage.

– Chhhut, tu vas réveiller Rachel, chuchote Mason en se cognant contre un mur.

J'emploie tous mes efforts pour me concentrer et je le pousse en avant.

– Elle n'est pas là !

Tout son visage devient triste.

– Oh non, ça craint ! J'avais super-envie de baiser...

– Ohhh, ça va, c'est pas grave, tu pourras baiser demain ! je réponds en avançant vers ma chambre.

Soudain, il me plaque contre le mur et m'écrase avec son torse.

– Tu sens super-bon, Mia. Je te l'ai déjà dit ?

Je secoue la tête et je cligne des yeux plusieurs fois.

– Non, mais c'est super-gentil. Tu devrais être gentil plus souvent. Je t'aime bien quand tu ne te comportes pas comme un connard.

Il pose ses mains sur mes hanches et me ramène contre lui.

– Rachel me manque, dit-il en posant sa joue contre mes seins.

Je tapote son dos et passe une main dans ses cheveux.

– Ne t'en fais pas. Elle sera bientôt là. Elle va probablement nous faire à manger, parce qu'elle est trop mignonne.

Je n'ai pas la moindre idée de ce que je raconte. Bon sang, j'ai vraiment beaucoup trop bu. Soudain, je réalise que j'ai abandonné la fac. Mais peu importe. Je gagne cent mille dollars par an. Par mois. Bref. Je gagne une fortune.

Pendant que je pense à tout ça, Mason a remonté ses mains sur mes seins, qu'il palpe en les regardant d'un air fasciné.

– Tu as des seins géniaux. Rach a des petits seins, mais je les aime bien. Les tiens sont les plus beaux du monde, j'te jure. Je peux baiser tes seins ? Ce serait trop cool ! s'exclame-t-il.

Je le repousse et il se cogne au mur de l'autre côté du couloir.

– Mais non, espèce d'idiot. Tu ne peux pas baiser mes seins. Mais merci, je réponds en souriant et en soutenant mon énorme poitrine. Je sais qu'ils sont géniaux. Les mecs les aiment beaucoup. C'est un de mes plus beaux atouts.

Mason secoue la tête tellement de fois que dans mon état d'ivresse bien trop avancé, je m'inquiète que son cou se brise.

– Non, non, non. Tu as des seins géniaux et un super-cul, c'est clair. Mais tes cheveux et tes yeux sont ton plus bel atout. Tes yeux sont comme des amandes vertes, dit-il en prenant mon menton pour lever ma tête vers la lumière. Ouais, on dirait des émeraudes. Tu as des yeux de bijoux précieux !

Il frotte sa mâchoire dans mon cou, et tout son corps semble s'écraser contre le mien.

– Je suis fatigué, dit-il.

Il a à peine prononcé ces paroles que tout mon corps me semble soudain très lourd, comme si je portais un carton de cailloux dans chaque main et qu'un autre était attaché à mon torse. Mon cerveau arrive à comprendre que ce poids, c'est Mason qui s'endort debout contre moi.

– Non, il faut que tu ailles au lit.

J'arrive à le traîner dans sa chambre, où l'attend son lit géant.

– Maintenant, prépare-toi.

Il lève la tête et il enlève son t-shirt. Bon sang, son torse est doré et parfaitement musclé. Je repense à mon Frenchie, qui a un corps magnifique, comme Mason.

– À ton tour.

Je ne sais pourquoi, dans mon état, sa requête ne paraît pas absurde. J'enlève mon débardeur, et nous baissons nos pantalons en même temps. Je suis en soutif-culotte et il est en boxer.

– Est-ce qu'on va baiser ? demande-t-il en vacillant.

Je baisse la tête pour inspecter son matos, mais mon corps ne réagit pas.

– Non ! Espèce d'imbécile, je réponds en retirant la couverture de son lit. Et puis ta bite est bourrée, je glousse en me glissant sous la couette.

Ma tête vient à peine de toucher l'oreiller que je commence à sombrer.

J'entends Mason fouiller dans sa chambre, puis il se glisse sous la couette à côté de moi.

– Pas bitée ma bourre, marmonne-t-il.

J'éclate de rire en me blottissant plus profond dans la couette.

– Je veux dire pas bourrée ma bite, bafouille-t-il.

Il saisit ma taille et m'attire contre son torse.

– Bonne nuit, Rach, dit-il.

– Pas Rach. Suis Mia, je réponds en frottant ma joue contre la chaleur de son pec.

– D'ac. Bonnuit, Mia.

Nous sombrons tous deux dans un profond sommeil que seul l'alcool peut provoquer.

* * *

J'entends vaguement des bruits au rez-de-chaussée, et je me dis que Mason doit être en train de préparer le petit déjeuner. J'ai l'impression qu'une batucada entière a élu domicile dans ma tête. Plutôt que d'ouvrir les yeux, je m'enfonce sous la couette, blottie dans la chaleur qui m'enveloppe.

– Putain, j'ai tellement mal à la tête, marmonne Mace.

Cependant, sa voix ne me parvient pas de la cuisine ni de l'autre côté de la pièce. Plutôt, elle ronronne juste à côté de mon oreille, aggravant le vacarme qui résonne déjà dans ma tête.

Je cligne plusieurs fois des yeux pour les ouvrir. Je m'éloigne du corps qui est collé au mien, et la couette tombe sur mes hanches, me laissant à moitié nue en sous-vêtements.

– Qu'est-ce que... je commence en regardant Mason, qui ouvre lentement les yeux à son tour.

Il est torse nu. Rien de tout ceci n'a de sens. Des rugissements retentissent dans ma tête et j'appuie sur mes tempes en essayant désespérément de soulager la pression et en cherchant à me rappeler ce qui s'est passé hier soir.

C'est alors que la porte s'ouvre et que Rachel, dans son tailleur habituel, entre en souriant joyeusement.

– Debout là-dedans... commence-t-elle.

Elle me voit, et Mace s'assied brusquement dans le lit, révélant son torse nu lorsque la couette tombe sur ses hanches.

– Mon Dieu ! s'exclame Rachel alors que les larmes remplissent déjà ses yeux.

Elle se couvre la bouche, le regard horrifié.

– Non... marmonne-t-elle en tremblant des pieds à la tête.

Mason me regarde, confus, puis il regarde Rachel et il bondit hors du lit, comme si ses fesses étaient en feu. Hélas, cela ne fait qu'empirer la situation parce qu'il n'est vêtu que de son boxer. Rachel s'étouffe, et je secoue la tête.

– Non, Rach, s'il te plaît. Ce n'est pas ce que tu crois, dis-je en me levant à mon tour.

Hélas, encore une fois, cela n'arrange rien parce que je ne suis vêtue que d'un tanga en dentelle blanche qui ne couvre rien et d'un soutif demi-lune assorti dont mes seins débordent. Je suis sûre que si je me penche, mon téton va faire son apparition. J'empoigne la couette et je m'enroule dedans.

– Je crois que tu viens de coucher avec mon copain, crache-t-elle en me pointant du doigt. Cela dit, j'aurais dû m'y attendre vu que tu es la pute que j'ai embauchée !

Ses paroles me vont droit au cœur et me font l'effet d'une gifle, ruinant en quelques secondes tout le travail d'estime de moi que j'ai fait ces derniers temps.

– Rachel, il ne s'est rien passé ! dit Mason en allant vers elle.

Elle tend le bras pour l'arrêter.

– Je n'arrive pas à croire que je t'aie fait confiance. Tu as toujours été un salaud, mais je pensais que tu avais changé. Mais tu faisais semblant, sanglote-t-elle alors que les larmes coulent à flots sur ses joues. J'étais amoureuse de toi, Mason ! J'allais te le dire quand Mia serait partie et qu'on serait tous les deux ! hurle-t-elle avant de tourner les talons et de partir en courant. Vous vous êtes bien trouvés ! crie-t-elle depuis les escaliers.

Mason et moi restons plantés dans la chambre, écoutant le bruit de ses pas s'éloigner puis la porte claquer.

CHAPITRE 9

Mason se passe la main dans les cheveux.

– Merde. Putain de bordel de merde. Je n'arrive pas à croire qu'on ait couché ensemble. Merde ! s'exclame-t-il en faisant les cent pas.

Je m'accroupis pour ramasser mon débardeur, je l'enfile, puis je mets mon jean.

– Mason, on n'a pas couché ensemble.

Il s'arrête et se tourne vers moi, puis il désigne son lit et me regarde comme je venais de dire la plus grosse bêtise du monde.

– Euh, allô ?!

Je vide tout l'air de mes poumons, profondément agacée. Il me faut un café et une demi-douzaine d'Ibuprofène, et vite. La batucada dans ma tête vient d'être remplacée par un chantier de construction dont les ouvriers se moquent de moi pour avoir trop bu hier soir.

– Non. On a dormi ensemble, mais il ne s'est rien passé. On était ivres morts. Crois-moi, je le saurais si j'avais été baisée et je te promets que ce n'est pas le cas.

Il me regarde, des pieds à la tête.

– Ouais, tu le saurais, répond-il en souriant, ce qui me fait grimacer. Euh non, pardon, ajoute-t-il immédiatement. Comment je suis censée la convaincre de me croire ? Elle me connaît, Mia. C'est justement le genre de truc que je faisais avant d'être avec elle.

Il se laisse tomber assis sur le lit et je m'assieds à ses côtés.

– Ok, alors voilà ce qu'on va faire. On va se doucher, on va manger, on va boire un café et prendre des anti-douleurs. Ensuite, on va l'appeler. Tu vas te confondre en excuses et lui expliquer qu'on était juste bourrés, qu'on n'a pas baisé et que même si les apparences sont contre nous, on s'est contentés de dormir dans le même lit. Rien d'autre.

Il masse ses tempes avec ses pouces.

– Je me souviens que j'ai peloté tes nichons et que j'ai demandé à les baiser, grogne-t-il en me regardant d'un air coupable.

– Ouais, mais c'est rien, je marmonne.

Ses épaules s'affaissent et il se prend la tête dans ses mains en posant ses coudes sur ses genoux.

Je lui caresse le dos pour le rassurer.

– Est-ce que tu l'aimes ? je demande.

Il lève brusquement la tête et plonge son regard dans le mien. Il ferme les yeux et hoche lentement la tête.

– Alors, tu dois lui dire, Mace. Ce sera peut-être le seul moyen de te sortir de ce pétrin.

Il expire bruyamment en gonflant ses joues.

– Elle ne va pas me croire. Je connais Rachel. Elle va penser que je dis ça pour la récupérer. J'aurais dû le lui dire à l'instant où je l'ai su.

Mason aime Rachel. Le monde ne cessera jamais de me surprendre. Le coureur de jupons arrogant et macho a parcouru un long chemin depuis que je suis arrivé il y a presqu'un mois.

– Tu l'as su quand ?

Il se lève et va à la fenêtre.

– La première fois qu'on a fait l'amour. C'était... c'était... tu sais. J'ai su tout de suite qu'elle était la seule avec qui je voulais passer ma vie. Et j'ai merdé. Putain ! s'exclame-t-il en frappant le mur avec la paume de sa main.

Dieu merci, il n'a pas utilisé son poing, sinon il se serait sans doute blessé et il ne pourrait pas jouer pendant quelque temps.

Je vais à lui et j'appuie mon front contre son dos.

– On va arranger tout ça. Tu vas voir. Tout finira bien.

Il secoue la tête.

– Qu'est-ce qui te fait penser ça ?

– Parce qu'il n'y a pas d'autre solution. Si c'est la femme de ta vie, on doit trouver un moyen de le lui prouver. On va trouver, tu verras. On la récupérera. Dans la vie, il faut prendre des risques.

– Merci, Mia. Tu es une vraie amie.

– Je sais, je réponds en lui mettant un coup de bassin. Donc, voilà ce qu'on va faire, dans l'ordre : on se douche, on prend des médocs, on mange et on boit quinze litres d'eau.

Je tends la main, et il la regarde en haussant les sourcils. Sans doute pense-t-il que c'est ringard.

J'insiste :

– Deal ?

– Deal, répond-il en serrant ma main.

* * *

Joindre Rachel s'avère beaucoup plus difficile que je m'y attendais. Je pars dans deux jours et Mason n'a toujours pas réussi à lui parler. Tous mes appels vont directement sur sa messagerie, où je la supplie de me rappeler, de rappeler Mason, de parler à l'un d'entre nous. Pas de réponse. Cette femme est têtue comme une mule. Je commence vraiment à croire qu'elle ne va pas laisser de seconde chance à Mason, et ça me fend le cœur.

Même si Rachel m'a dit des choses affreuses, je comprends pourquoi elle les a dites. Quand on semble sur le point de perdre tout ce dont on a rêvé, on passe à l'attaque, et la femme dans le lit avec son mec est une bonne cible. Cependant, je n'aime pas qu'elle pense que je suis une pute, car c'est un point qui me dérange, moi aussi, en tant qu'escort. Une escort qui a couché avec ses deux premiers clients. Je n'ai pas couché avec les deux derniers, mais ça, Rachel ne le sait pas.

Mon téléphone sonne dans ma main.

– Allô ?

– Bonjour, ma poupée, tu es prête pour le client suivant ?

La voix de Tante Millie me fait l'effet d'un baume apaisant. J'ai passé les deux derniers jours à me sentir affreuse en sachant que Mason et Rachel souffrent tous les deux, consciente du rôle que je joue dans leur malheur. J'ai beau être prête à les aider, je ne sais pas par où commencer.

– Eh ben, ouais, le plus tôt sera le mieux, je réponds pour la première fois depuis que j'ai commencé ce job.

Je n'ai jamais autant eu envie de passer à autre chose. Fuir le problème me semble être une bonne idée.

– Qu'est-ce qui se passe, ma chérie ? Le beau gosse du base-ball ne te traite pas bien ?

– Si, il est cool, une fois qu'on ignore ses manières de macho et maintenant qu'il a appris comment on traite une femme, il est même plutôt fun.

– Très bien, alors je dois m'attendre à recevoir le bonus d'un jour à l'autre, n'est-ce pas ?

– Tante Millie ! Bon sang, tu penses que je couche avec tous mes clients ?

– Poupée, tu es jeune, canon, et tu escortes des hommes riches et incroyablement beaux. Donc, oui, je m'attends à ce que tu en profites. C'est ce que je ferais à ta place, en tout cas. J'ai eu mon lot de beaux hommes riches par le passé, tu sais.

Je m'assieds en écarquillant les yeux.

– Tu étais escort, toi aussi ?

– Poupée, comment tu crois que j'en sais autant sur ce milieu, sur les tarifs à appliquer, sur les hommes en qui je peux avoir confiance ? J'ai dû être escort avant de monter la première boîte d'escorts du pays. J'ai tout fait, ma chérie, mais à l'époque, il n'y avait pas de bonus. Les hommes pensaient que c'était inclus, c'est tout. Aujourd'hui, comme tu le sais, tout est légal et je paie mes impôts. Mes comptes sont audités régulièrement et tout est sous contrôle. Si mes filles veulent faire des extras, les hommes doivent récompenser leurs efforts en leur offrant un bonus. Tu vois, c'est simple.

– Je vois. Je pensais que tu gérais une boîte, c'est tout.

– C'est le cas, mais il y a vingt ans, j'étais à ta place. Mais je n'étais pas très maligne, vois-tu. À l'époque, je suis tombée amoureuse d'un de mes clients et il m'a fait un sale coup.

On pourrait presque dire que l'histoire est en train de se répéter, mais je ne suis pas tout à fait prête à dire que je suis amoureuse de Wes.

– Aujourd'hui, je traite les hommes comme ils traitent les femmes. J'en profite tant qu'ils sont là, rien de plus. Je ne m'attends à rien à part à passer du bon temps.

Sa façon de voir les choses n'est pas illogique. C'est ce que j'essaie de faire sans y arriver, parce que mon cœur s'embrouille dans les détails. Avec Wes, je suis perdue dans mes sentiments. Avec Alec, les choses sont fun et simples et je n'ai pas l'impression de perdre quelque chose parce qu'il n'a jamais été à moi. J'aime le temps que je passe avec Alec, car lorsque nous nous séparons, nous trouvons d'autres moyens d'être heureux sans nous sentir coupables.

Si seulement j'étais capable de ça avec Wes.

Je décide de reconstruire le mur qui protégeait mon cœur et qui s'est effrité avec Wes. Rien n'est comparable à ce que je vis avec Wes. Là où il est évident qu'Alec et moi ne sommes pas faits pour durer – ce qui rend notre relation pleine de passion et crée de merveilleux souvenirs – tout avec Wes semble lourd de sens et lié à des sentiments qu'aucun de nous deux n'aurait dû ressentir pour l'autre. C'est là que nous avons fait fausse route. Avec Wes, les choses sont automatiquement sérieuses. Or, les choses doivent être claires. Il doit y avoir des limites. Bien évidemment, c'est un autre problème que je n'ai aucun espoir de résoudre bientôt.

– Tu as raison. Merci du conseil, Tante Millie.

– De rien, répond-elle alors que j'entends ses ongles tapoter son clavier. Je suis désolée que le base-ball ne se soit pas passé comme tu l'espérais. Le mois a dû te sembler long.

Je souris en repensant à Alec.

– Eh bien, en fait, j'ai retrouvé un vieil ami quand on était à Seattle.

– Ah, et tu t'es bien amusée avec ton vieil ami ?

– Absolument.

Je change vite de sujet, parce que je ne connais pas trop les règles sur le fait de revoir d'anciens clients, même si j'ai revu Alec et Wes en tant qu'amis et que cela n'a rien à voir avec mon travail d'escort.

– Alors, tu vas me dire où je vais le mois prochain ou tu veux que je le devine ?

– Oh, ma poupée, tu vas t'éclater. Tu es déjà allée à Hawaii ?

Du surf, du soleil et de la crème solaire.

– Tu es sérieuse ? Je vais à Hawaii ?

– Oui, ma poupée, et tu vas être modèle !

Je grogne.

– Comme je l'étais pour Alec ?

Je me suis pas mal amusée, mais cette expérience a eu un effet cathartique qui n'a pas été de tout repos. La dernière chose dont j'aie besoin, c'est un deuxième round.

– Non ma belle. Tu vas être mannequin de maillots de bain pour le plus grand designer de bikinis au monde. Il s'appelle Angel D'Amico. Il t'a demandée parce qu'il t'a vue dans les magazines people avec des célébrités. C'est génial pour ceux comme lui qui apportent des nouveautés au monde de la mode. Sans parler du fait qu'il crée des maillots pour les vraies femmes.

– C'est-à-dire ?

– Ses créations ne commencent pas au trente-deux, mais au trente-huit. Il veut plus de femmes avec des formes dans ses pubs. Tu sais, une femme avec une paire de seins qui ne peut pas rentrer dans deux minuscules triangles. Il a adoré que tu fasses du quatre-vingts D et que tu aies une morphologie en huit. Je crois qu'il veut prouver que la beauté vient sous toutes sortes de formes et de tailles.

Hmm. Plutôt cool, en fait. Un designer qui se concentre sur des tailles réalistes.

– Ça a l'air chouette. Et puis... Hawaii ! C'est génial ! je m'exclame en sautillant dans ma chambre.

– Le vol va être long, ma puce. C'est six heures depuis Boston, puis cinq heures depuis la Californie. Tu passeras deux nuits chez toi pour te reposer.

Immédiatement, je pense à Wes et au fait que je pourrai peut-être le voir s'il n'est pas en tournage, mais je rejette aussitôt l'idée, car ça va rendre les choses plus difficiles. J'ai envie de m'amuser à Hawaii – de choper un surfeur bien gaulé dans le but de baiser pendant un mois. Ouaip, c'est mon nouveau projet.

– Je peux faire escale à Vegas, plutôt ? Comme ça, je peux voir Maddy, Ginelle et mon père ?

Gin m'a dit que Maddy pourrait bientôt perdre sa virginité avec son nouveau mec et peut-être veut-elle parler seule à seule à sa grande sœur ?

– Je pourrais redemander à Ginelle de prendre les rendez-vous pour les trucs de beauté.

Tante Millie retient sa respiration et la relâche avec un sifflement.

– À ce propos, tu vas devoir te faire épiler.

– Ouais, comme d'hab.

– Non, ma belle. Je veux dire partout. Tu vas être mannequin pour maillots de bain – il ne peut pas y avoir le moindre poil qui dépasse ou qui se voit quand tu poses dans l'océan.

– Ça craint... et ça va faire mal, je grogne.

Je sens déjà les bandes de cire sur ma peau si sensible.

– Oui, ma poupée, ça fait mal. Mais la bonne nouvelle, c'est que le couturier est un Italien de cinquante ans qui est marié à une ex-mannequin qui s'occupe des filles. Et tu ne vas pas travailler tout le temps. Tu poseras un jour ou deux et tu auras le reste de la semaine libre. Apparemment, tu auras un bungalow sur la plage pour toi toute seule.

– Pour moi seule ? Je ne vais pas vivre chez eux ?

– Non, mais ils ne te donneront pas de vêtements, c'est la contrepartie. Comme tu ne seras avec eux que pour les shootings photo et peut-être pour quelques soirées, tu seras libre la plupart du temps et tu pourras porter ce que tu veux. En revanche, tu pourras garder les maillots de bain.

Génial ! Je vais passer un mois à Hawaii. Ma vie vient de devenir mille fois plus belle.

– Tu crois que je pourrais emmener Gin et Maddy ?

Avec les vingt mille dollars supplémentaires que j'ai gagnés avec Wes et Alec, j'ai mis assez de sous de côté pour payer leurs vols. Elles pourraient rester avec moi, donc on n'aurait à payer que les vols et la nourriture.

– Du moment que tu es disponible pour les jours de shooting, tu peux faire ce que tu veux. Tu veux que je leur réserve des billets ?

– Ouais, mais il faut que je te rappelle pour te dire quand, parce que je ne sais pas quand sont les vacances de Maddy ni si Gin peut poser des jours de congé. Mon Dieu, je vais à Hawaii avec ma sœur et ma meilleure amie ! C'est le plus beau jour de ma vie, je crie dans le téléphone, faisant hurler de rire ma tante.

– Je suis contente que tu sois heureuse, ma poupée. Tu t'en souviendras quand tu te feras arracher tous tes poils. Je t'envoie un mail avec les infos de ton vol. Tu veux partir à l'aube, comme d'habitude ?

– Ouais, j'aime partir tôt.

En vérité, c'est simplement que j'aime m'échapper avant que mes clients sachent que je m'en vais. Ça a marché les trois dernières fois, donc il n'y a pas de raison que cette fois-ci soit différente.

– Je t'aime, Tante Millie.

– Moi aussi, ma poupée, répond-elle avant de raccrocher.

Maintenant que c'est réglé, il ne me reste plus qu'à trouver un moyen de rabibocher Rachel et Mason.

Je suis en train de ranger mon téléphone dans la poche arrière de mon jean lorsqu'il sonne de nouveau.

– Allô ?

– Suis-je bien sur le portable de Mia Saunders ? demande une voix sérieuse et douce à la fois.

– Oui, qui êtes-vous ?

– J'appelle depuis l'hôpital Mass General. Nous avons votre copain aux urgences, Mason Murphy.

– Mon Dieu ! je m'exclame en regardant autour de moi, prise de panique.

J'aperçois mon sac à main sur la commode et je le saisis avant de dévaler les escaliers.

– Est-ce qu'il va bien ? Qu'est-ce qui s'est passé ?

– Il a quelques contusions et une légère commotion. Il a eu un petit accident de voiture avec deux autres joueurs qui sont aussi chez nous. Est-ce que vous pouvez venir ? Il a aussi demandé une certaine Rachel Denton, mais elle ne décroche pas.

– Je vais la trouver. Vous êtes sûre qu'il va bien ?

– Oui, Madame. Il pourra sortir dans quelques heures, il faudrait que quelqu'un vienne le chercher.

– Bien sûr, bien sûr. Je vais appeler sa famille, au cas où.

– Très bien, Madame. À tout à l'heure.

Je raccroche et je regarde autour de moi. Je suis debout sur un trottoir de Boston, devant la maison de Mason, et je ne sais pas par où commencer. Je n'ai pas le numéro ni l'adresse de son père, et Rachel ne répond pas quand je l'appelle. Je me rappelle alors que son frère travaille au Black Rose. Il y aura forcément quelqu'un dans le pub qui saura me donner le numéro de son frère.

J'appelle les renseignements et ils me mettent en ligne avec le bar.

– Le Black Rose Pub, Brayden à l'appareil, répond le frère de Mason.

Ouf, quelle chance ! Je m'assieds sur le perron de Mason et je fais de mon mieux pour parler calmement.

– Brayden, c'est Mia. Ton frère a eu un petit accrochage et il est à l'hôpital Mass General.

– Quoi ? Il va bien ?

– Oui, il va bien. Des contusions et une commotion, rien de grave. J'y vais tout de suite, mais je dois d'abord trouver Rachel, sa copine, je dis en oubliant mon rôle.

– Je croyais que c'était toi, sa copine ? demande-t-il d'une voix étrange.

Je soupire et je me lève pour héler un taxi.

– Non, ce n'était que du cirque. Rachel, la blonde de l'autre soir, est sa vraie copine, mais elle est furax contre nous deux. Elle croit que Mason l'a trompée avec moi, et maintenant elle ne répond plus à nos coups de fil. Il souffre et il veut la femme qu'il aime à ses côtés. Il faut que je la retrouve.

C'est alors que Brayden fait quelque chose à quoi je ne m'attendais pas, étant donné les circonstances. Il éclate de rire.

– Tu ne m'as pas entendue ?

– Mia, Mia, cette belle blonde qui gravite toujours autour de lui ? Avec les grands yeux bleus, mince et toujours en tailleur ?

Un taxi me voit enfin et s'arrête devant moi. Je monte dedans et je m'apprête à lui dire d'aller à l'hôpital quand Brayden m'explique pourquoi il rit.

– Elle est ici, dans le bar, en train de picoler. Tu veux que j'arrête de la servir ?

Apparemment, le Ciel est de mon côté, ce soir. Je n'ai jamais autant de chance, d'habitude.

– Ouais, fais-lui boire de l'eau. J'arrive dans quinze minutes.

Je raccroche et je range mon téléphone.

– Je voudrais aller au Black Rose Pub, s'il vous plaît. Et je vous donne un bonus de vingt dollars si vous vous dépêchez !

– Ça roule, ma p'tite dame. Ma femme râlait justement parce qu'on n'a pas de fric. Vingt balles de plus vont nous faire du bien !

– Je vous en donne quarante si j'y suis dans dix minutes.

Le chauffeur s'insère brusquement dans la circulation et fait demi-tour avant d'accélérer en direction du bar. Il doit vraiment avoir besoin d'argent parce qu'il m'y emmène en onze minutes. Je règle la note et je lui donne quarante dollars supplémentaires.

– Merci, mon pote ! je m'exclame en sortant de la voiture.

J'ouvre la porte du pub et je scanne la pièce à la recherche d'une tête blonde.

Assise au bar, avachie sur son tabouret, ses cheveux tombant de son chignon sophistiqué, Rachel boit pour oublier son malheur.

– Dieu merci ! je m'écrie en allant vers elle.

Elle fronce les sourcils et grimace, mais elle n'en est pas moins jolie. C'est une de ces femmes qu'on voit faire ses courses ou faire la queue à la poste et qu'on admire pour son élégance naturelle.

– Rach, Dieu merci, je t'ai trouvée ! je me réjouis en m'asseyant sur le tabouret à côté du sien.

– Hourrah, déclare-t-elle sans le moindre enthousiasme. Je ne peux pas dire que je sois contente de te voir, voleuse de mec, répond-elle en me fusillant du regard.

– Rach...

– Tu n'as pas assez de mecs, avec ton job ? Tu t'es vue ? demande-t-elle en me regardant des pieds à la tête. Tu es parfaite. Tu es justement le genre de femme qui mérite d'être avec Mason Murphy. Il est parfait, lui aussi. Vous allez bien ensemble.

Rachel boit une grosse gorgée du cocktail fruité qu'elle tient à la main et elle se lèche les lèvres.

– Tu sais, poursuit-elle. Je suis contente que ça soit arrivé. Au moins maintenant, je sais que je ne peux pas être avec un homme comme lui. Les apollons comme Mason ne peuvent pas être heureux avec une fille comme moi, pas quand ils sont des nanas exotiques à portée de main !

Je pousse un grognement et la saisis par les épaules. Elle se mord la lèvre et se tait, enfin.

– Écoute-moi, dis-je en la secouant légèrement. Mason t'aime. Toi !

Elle écarquille les yeux et ils se remplissent de larmes, mais elle les retient.

– Si ! j'insiste lorsqu'elle secoue la tête. Il est amoureux de toi et si tu l'écoutais ne serait-ce que cinq secondes, tu le saurais ! Est-ce qu'au moins tu as écouté les messages vocaux qu'on t'a laissés ?

Elle se met à trembler et elle fait non de la tête alors que quelques larmes coulent sur ses joues.

– Bon sang, pour une femme aussi intelligente que toi, tu peux parfois être une vraie imbécile !

Elle croise les bras, baisse la tête et se renferme sur elle-même.

– Va-t'en, tu veux ?

– Je ne peux pas ! je grogne. Mason est à l'hôpital et il demande à voir sa copine. Sa vraie copine !

CHAPITRE 10

— Je crois que je vais vomir, dit Rachel en pâlissant brusquement et en couvrant sa bouche de sa main.

Un seau apparaît devant elle comme par magie et elle le saisit. Elle plonge sa tête dedans et se vide de tout l'alcool qu'elle a avalé, pendant que je lui frotte le dos sous le regard triste et inquiet de Brayden.

Lorsqu'elle a terminé, Brayden prend le seau et file à l'arrière de la salle. Quant à moi, j'emmène la jeune femme tremblante aux toilettes. Elle se rince la bouche et je lui donne un chewing-gum pour masquer l'horrible goût quelle doit avoir dans la bouche, puis j'enlève les épingles de ses cheveux et laisse tomber ses boucles sur ses épaules. Je fouille dans son sac à bandoulière qu'elle n'a pas enlevé en s'asseyant au bar, où je trouve une brosse. Lorsque j'ai fini, la masse blonde de ses cheveux brille comme d'habitude. J'humidifie un mouchoir et elle essuie les traces de mascara sur ses joues et sous ses yeux. Je fouille de nouveau dans son sac pour en sortir son gloss et je suis contente d'y trouver un petit poudrier. Je lui tends les deux et elle fait de son mieux pour se refaire une beauté.

– Qu'est-ce qui est arrivé à Mason ? demande-t-elle d'une voix tremblante.

Elle semble redevenir la Rachel que je considère comme mon amie.

– Il a eu un accident de voiture avec d'autres joueurs. Il a une commotion, mais il pourra sortir dans quelques heures. Je ne l'ai pas vu, il voulait te voir, donc je me suis chargée de te trouver.

– Il veut me voir ? demande-t-elle en réprimant un sanglot.

Je hoche la tête et pose ma main sur son épaule.

– Rachel, je te promets qu'il ne s'est rien passé entre nous. On était bourrés. Super-bourrés. Je pensais me coucher dans mon propre lit. On s'est effondrés dans le sien et on s'est tout de suite endormis. C'est tout. Il ne s'est rien passé d'autre.

Elle ferme les yeux et elle hoche la tête.

– Je te crois.

J'inspire profondément, soulagée, libérée de la culpabilité et du poids énorme qui pèsent sur mes épaules depuis plusieurs jours.

– Dieu merci. Mason est perdu sans toi, tu sais. Il pensait qu'il n'arriverait jamais à te reconquérir.

– Ça ne veut pas dire qu'on est faits pour être ensemble, Mia. Comme je te l'ai dit, le fait de le voir avec toi m'a ouvert les yeux. Il n'est pas fait pour être avec une femme qui a sa propre carrière à mener. Il lui faut quelqu'un qui aime s'amuser, qui peut aller à ses matchs et qui peut traverser le pays avec lui. Moi, je ne peux pas en faire autant.

– Tu n'es pas sérieuse ? Tu bosses pour son agence de relations presse ! Tu t'occupes de tous ses sponsors et des pubs qu'il fait. Il a besoin de toi pour tout ça, aussi.

Elle penche la tête sur le côté.

– Ouais...

Les poils dans mon dos se hérissent, excitée de commencer à l'atteindre.

– Qui est-ce qui va l'empêcher de se ridiculiser à ces rendez-vous, hein ? Tu l'as vu comme moi, il est tellement naïf qu'il se fera bouffer tout cru si tu n'es pas là ! La seule raison pour laquelle il s'est calmé, c'est pour te faire plaisir. On lui fait des propositions à la pelle, maintenant, et je ne pense pas que ça s'arrête de sitôt. Il va lui falloir une publiciste à plein temps, j'en suis certaine. Et c'est toi qui dois le faire. Il n'a confiance qu'en toi.

Elle dégage ses cheveux de son visage et se tient plus droite.

– Tu as raison. Il se serait fait avoir sans moi. Il est trop généreux et insouciant. Je sais qu'il est passionné par ce sport et qu'il ne fait pas ça pour l'argent mais quand même, ils essayaient de l'avoir à bas prix.

– Exactement, et tu le savais. Toi, Rachel, dis-je en enfonçant mon doigt dans sa poitrine, c'est toi qu'il lui faut.

Ses yeux scintillent, sa confiance en elle semble renouvelée.

– Il faut qu'on aille le voir ! s'exclame-t-elle.

Nous sortons des toilettes d'un pas rapide et nous dirigeons vers la porte.

– Brayden, je t'appelle dès que j'en sais plus !

Il hoche la tête sans rien dire.

– Et mets ses cocktails sur la note de Mason ! j'ajoute en souriant.

– C'est déjà fait, répond-il. Et celui-là aussi, dit-il en portant une pinte de bière à sa bouche.

* * *

Lorsque nous arrivons aux urgences, c'est un véritable chaos. Apparemment, un semi-remorque s'est plié en deux et a provoqué un carambolage de quatorze voitures. Il y a des gens avec des bandages ensanglantés à la tête, aux bras et aux jambes, partout. Je grimace en courant à l'accueil.

– Je suis Mia Saunders, nous venons voir Mason Murphy.

La secrétaire cherche son nom sur l'ordinateur.

– On l'a déplacé dans une chambre temporaire. Au deuxième étage, chambre cent trente.

– Merci.

Rachel et moi allons à l'ascenseur, où nous attendons en vain.

– Eh merde, je m'exclame.

Nous prenons les escaliers et arrivons au deuxième étage. Nous ne ralentissons que lorsque nous trouvons sa chambre. Je tiens la main de Rachel et nous nous regardons quelques secondes, liées par notre inquiétude, comme des sœurs ou des meilleures amies qui cherchent à se réconforter. Nous calmons notre respiration et nous tournons vers la porte. J'entre la première, suivie par Rachel.

Mason est allongé dans le lit, les yeux fermés. Les lumières sont tamisées et son père est assis sur une chaise dans un coin.

– Mia, ma puce, ils ont enfin réussi à te joindre, dit Mick en me prenant dans ses bras.

Rachel s'approche du lit et Mason ouvre les yeux en se léchant les lèvres. Une plaie avec des points de suture s'étend sur deux centimètres sur son front. Plusieurs petites coupures et égratignures couvrent ses bras, mais il ne semble pas y avoir de casse.

– Rachel...

Il tend la main et elle la prend dans les siennes. Les larmes qu'elle a retenues pendant le trajet en taxi coulent enfin sur ses joues et tombent sur leurs mains jointes.

– Bébé, je vais bien. C'est pour toi que je m'inquiète...

– Euh, je crois que j'ai raté quelque chose, dit Mick en se raclant la gorge.

Il me serre plus fort contre lui comme pour me protéger. Cet homme est adorable. Il s'inquiète pour son fils et pour la fausse copine de son fils. Je le serre contre moi à mon tour et je secoue la tête.

– Ça va, je chuchote.

Rachel tourne la tête vers lui avec l'air d'une petite souris morte de peur.

– Eh, ma belle, regarde-moi, dit Mason. Je suis désolé. Il ne s'est rien passé, je te le jure, dit-il. Il ne pourrait jamais rien se passer. Il n'y a que toi que je veux. Tu es la femme de ma vie.

– Chut, ne dis rien, tu dois te reposer, dit-elle d'une voix rauque.

Il secoue la tête et grimace. Elle caresse la joue du côté qui semble avoir été épargné. Sa tête a dû frapper la vitre et la briser – ça expliquerait toutes ses microcoupures.

– Je n'ai pas besoin de repos. Ce dont j'ai besoin, c'est que la femme que j'aime m'écoute ! grogne-t-il.

Son père et moi restons parfaitement immobiles, regardant la scène se dérouler sous nos yeux. Pour moi, c'est magnifique. Pour son père, c'est incompréhensible.

– Mason, commence-t-elle d'une voix tremblante.

Il tire sur sa main pour la rapprocher de lui.

– Tu m'as entendu ? Je t'aime. Je t'aime depuis le premier soir. Et jamais je ne foutrais ça en l'air. Avec Mia, c'était parfaitement innocent ! s'exclame-t-il.

– Elle me l'a déjà dit, répond-elle. Et je te crois. Je suis désolée d'avoir douté de toi.

– Tu avais tes raisons, mais, Bébé, après cet accident... ça aurait pu être pire. Et à présent, je ne supporterai pas de ne pas t'avoir à mes côtés... J'ai besoin de toi. Toujours. Tout le temps.

Les grands yeux bleus de Rachel ne semblent voir que l'homme devant elle, comme si plus rien n'existait sur cette terre.

– Alors, je serai là. Je ferai tout ce que tu voudras. Je t'aime aussi, tu le sais.

J'ai envie de crier et de sauter de joie, mais je me contente de sourire jusqu'aux oreilles.

– Fiston, dit Mick en se rapprochant du lit, il va falloir que tu t'expliques, dit-il d'une voix amusée.

– Papa, je te présente Rachel. Elle sera ma publiciste à plein-temps, si elle accepte le poste.

Elle hoche la tête en souriant.

– Et en plus de ça, poursuit Mason, c'est ma copine. Ma vraie copine.

Rachel est rayonnante de joie, et son sourire semble illuminer la pièce.

– Bonjour, Monsieur Murphy. Je suis Rachel Denton et je suis amoureuse de votre fils.

Mick regarde Rachel, puis son fils, puis moi.

– Et elle ? demande-t-il en me désignant.

– Mia est une escort, répond Mason simplement.

J'ai envie de me frapper la tête contre un mur alors que Mick écarquille les yeux.

– Ah non. Non, non, ce n'est pas ce que vous croyez ! s'exclame Rachel.

– Papa, non. On l'a embauchée pour booster mon image. Il me fallait une copine sérieuse et, à l'époque, Rachel et moi n'étions pas ensemble. D'ailleurs, c'est Mia qui nous a rapprochés.

– Je suis désolée de ne pas vous avoir dit toute la vérité, Mick, mais ça faisait partie de mon rôle. Vous pouvez me pardonner ? je demande en le suppliant du regard.

– Nous pardonner ? ajoute Mason en lui faisant ses yeux de chaton abandonné.

Mick pousse un grognement et pose une main sur l'épaule de son fils en signe de soutien, comme toujours.

– Fiston, si cette jolie dame est avec toi et que tu l'aimes comme tu le dis, alors je suis sûr que je l'aimerai aussi. Mais si tu t'avises de me mentir de nouveau, ce ne sont pas des microcoupures que tu auras, compris ?

Rachel et moi éclatons de rire et Mason fronce les sourcils.

– Oui, j'ai compris, Papa.

***

Le soleil n'éclaire pas encore l'horizon lorsque je ferme ma valise et que je la descends en silence dans le hall d'entrée. Mason et Rachel dorment dans sa chambre. Après que les médecins ont autorisé Mason à sortir de l'hôpital, nous sommes tous rentrés avec lui et son père nous a préparé un bon repas. Selon lui, pour guérir un rhume, il faut le nourrir. Mason a eu un accident de voiture, pas la grippe, mais personne n'a osé le lui faire remarquer. Je crois que son père avait besoin de se sentir utile et de passer du temps avec son fils pour s'assurer qu'il va bien.

Après dîner, les frères de Mason sont venus le voir. Shaun est passé avec sa nouvelle copine, pas celle que j'ai vue en photo la dernière fois. Après tout, les relations adolescentes ne sont jamais de très longue durée. Cela dit, je ne peux pas dire que mes relations soient beaucoup plus stables, en ce moment. Il faut dire que je passe d'un homme à un autre tous les mois sans savoir où je vais ni quand.

Ses frères sont restés suffisamment longtemps pour se moquer de son accident et du fait qu'il avait deux copines, ce qui a mis Rachel très mal à l'aise. Elle n'est pas encore habituée au clan Murphy, mais je sais qu'elle y trouvera sa place en peu de temps. Sans doute Ellie aura-t-elle son rôle à jouer, car elle a immédiatement déclaré que Rachel était la princesse parfaite. Comme Eleanor, Rachel est élégante, elle parle doucement et elle a une beauté classique ainsi qu'une élégance naturelle. Je crois qu'elle et Mason sont faits pour être ensemble et j'espère que, contrairement aux événements récents, ils arriveront à se parler lors des moments difficiles.

Je traverse la maison plongée dans le noir pour me préparer un café, et je le sirote en regardant par la fenêtre. Le moins que l'on puisse dire, c'est que mon séjour avec Mason a été intéressant. J'ai adoré assister à ses matchs, rencontrer les joueurs et trouver ma place parmi les WAG. Surtout, j'ai découvert la vie d'une équipe soudée. Celle des Red Sox est faite d'hommes qui se soutiennent les uns les autres et qui sont virtuoses de la balle ou de la batte. Je suis encore plus fan des Red Sox que je ne l'étais avant de venir à Boston, je ne pensais pas que c'était possible.

Les WAG vont me manquer aussi. Elles ont leur propre petite clique et j'ai beaucoup aimé faire partie de leur club pendant un mois. Je n'oublierai pas Sarah, Morgan, ni bien sûr la petite Kris. Toutes ses femmes soutiennent leurs hommes à cent pour cent et je leur souhaite à toutes d'être heureuses.

Plus que tout, j'ai pu voir deux personnes tomber amoureuses l'une de l'autre. Deux personnes qui ne pensaient pas pouvoir être ensemble et qui ont découvert que la seule chose qui ne leur convenait pas était d'être séparées. Rachel et Mason se complètent parfaitement.

Je suis ravie que Mason ait perdu ses manies de Don Juan, mais en fin de compte, je crois que c'était sa façon de se protéger. C'était un mur qui repoussait les femmes sérieuses, peut-être parce qu'il ne pensait pas les mériter. Toutefois, lorsqu'il a changé ce qui n'allait pas dans sa vie et qu'il a commencé à découvrir qui il était vraiment, il a vu qu'il n'avait plus besoin de jouer un rôle. Désormais, il sait qu'il peut être lui-même, et cela lui a sacrément bien réussi puisqu'il est avec l'adorable Rachel, qui est prête à s'occuper de lui, professionnellement, physiquement, psychologiquement et émotionnellement.

Quant à Rachel, je crois qu'il a fallu qu'elle pense avoir perdu Mason pour se rendre compte qu'elle lui suffisait amplement. La femme ambitieuse que tout le monde connaît est justement celle dont Mason est tombé amoureux, et je suis persuadé qu'elle est celle avec qui il passera sa vie.

Je finis mon café et je sors mon papier à lettres de mon sac.

Mason,

Il y a quelque chose que tu ne sais pas sur moi, et c'est que je n'aime pas les adieux. Ils sont tristes et gênants, et c'est pour ça que je te quitte alors que tu dors à poings fermés dans les bras de la femme que tu aimes. Celle qui est faite pour être avec toi.

Je suis flattée que tu m'aies choisie pour être ta fausse copine. Ça faisait longtemps que je ne m'étais pas autant amusée. J'ai appris plusieurs choses, aussi. Je pars en sachant qu'il faut toujours se présenter sous son meilleur jour et savoir accueillir les opportunités qui se présentent à soi. Je sais désormais qu'il est important de prendre des risques pour trouver son bonheur et que bien trop de gens se laissent piéger par la routine en pensant que leur vie ne peut s'améliorer, même quand ils ont conscience de ne pas être heureux. Tu as choisi le bonheur avec une belle et adorable femme aux cheveux blonds. Chéris-la. Elle prend des risques, elle aussi, en s'offrant à toi.

Rachel,

Prends soin de lui. Il a besoin d'une femme forte qui refusera d'encaisser ses conneries. Je sais que tu es la femme parfaite pour cela.

Vous allez tous les deux me manquer et je penserai souvent à vous. Merci de m'avoir montré à quoi peut ressembler la vie lorsqu'on choisit son bonheur. Un jour, je trouverai le mien, et ce jour-là, je ne le lâcherai plus.

Ne vous lâchez jamais,
Avec tout mon amour,
Mia.

Je laisse mon mot sur le plan de travail de la cuisine, je retourne dans le hall d'entrée et je descends les marches du perron où m'attend mon taxi.

– Le Logan International Airport, s'il vous plaît.

Je regarde la ville défiler devant mes yeux alors que le soleil glisse au-dessus de l'horizon, éclairant le ciel et les rues de son éclat doré. Ce mois aura été beau. Entre les matchs de base-ball, les moments que j'ai passés avec Mason, Rachel et le reste de la bande, je peux dire que je me suis amusée. J'ai également fait mes premiers pas dans l'événementiel en organisant un gala de charité dont le succès a été foudroyant et qui aidera de nombreuses femmes à lutter contre la maladie. Je n'oublierai jamais ce mois d'avril.

Le taxi me dépose à l'aéroport, où je m'enregistre, et je passe la sécurité avant de trouver un Starbucks où je m'installe pour boire un deuxième café et manger une part de cake au citron. Cependant, j'ai beau chercher ce que c'est, quelque chose ne cesse de me tracasser.

Je sors mon téléphone et mon cœur cesse de battre. J'ai un message de Wes. Nous ne nous sommes pas reparlé depuis que je lui ai raccroché au nez il y a plus de deux semaines.

À : Mia Saunders
De : Wes Channing
On est toujours amis ?

Je réfléchis longtemps à sa question. *Toujours amis.* Wes et moi sommes-nous amis ? Amants, oui. Amis... Avant de découvrir qu'il couchait avec Gina, j'aurais répondu oui sans hésiter. J'aurais dit que nous sommes des amis qui se font du bien. Je pense à Gin et à ce qui fait que nous sommes amies. Notre confiance mutuelle, notre histoire, nos points communs. Cela dit, il s'agit surtout de ce que serait ma vie sans elle, elle serait horrible. Je me sentirais perdue sans son amitié. Est-ce le cas de Wes ? La réponse, sans aucun doute, est oui. Oui, je me sentirais perdue. Je sais que si j'appelais Wes et que je lui disais que j'ai besoin de lui, il prendrait immédiatement un avion pour me retrouver. Tout comme Hector, Tony et même Alec. Et Mason, bien sûr. Car tous sont mes amis. Ce sont des gens avec qui j'ai partagé un bout de vie et qui ont chacun une place dans mon cœur.

Je me dépêche de répondre.

À : Wes Channing
De : Mia Saunders
Oui. Nous serons toujours amis. Je ne peux pas imaginer ma vie sans toi.

Je traverse l'aéroport, je m'achète un magazine et j'attends à ma porte d'embarquement lorsque je reçois un message.

À : Mia Saunders
De : Wes Channing
Je ressens la même chose. Y a-t-il encore une chance que nous soyons plus qu'amis ? Ou bien t'ai-je perdue à jamais ?

À : Wes Channing
De : Mia Saunders
Tu ne pourras jamais me perdre. Pour l'instant, nous suivons chacun notre chemin.

À : Mia Saunders
De : Wes Channing
Alors, on garde le même plan ?

À : Wes Channing
De : Mia Saunders
Oui.

À : Mia Saunders
De : Wes Channing
Quand est-ce que je peux te revoir ?

À : Wes Channing
De : Mia Saunders
La prochaine fois que nos chemins se croiseront.

J'envoie ce dernier message et j'éteins mon téléphone avant de monter dans mon avion pour Vegas. Ces deux jours avec ma sœur et ma meilleure amie vont me faire le plus grand bien pour me préparer à passer un moins à Hawaii. J'ai tellement hâte. Un mois de soleil, de surf et d'ambre solaire. À moi la plage !

À PROPOS DE L'AUTEUR

Audrey Carlan vit dans la belle California Valley ensoleillée, à deux heures de la ville et de la plage, au milieu des montagnes et des vignes merveilleuses. Elle est mariée à l'amour de sa vie depuis plus de dix ans, et elle a deux jeunes enfants qui méritent tous les jours leur titre de « monstres en folie ». Lorsqu'elle n'écrit pas des histoires d'amour érotiques, qu'elle ne fait pas du yoga ou qu'elle ne sirote pas un verre de vin avec ses « âmes sœurs » – trois voix uniques et incroyablement différentes dans sa vie –, on la trouve plongée dans un livre. Plus précisément un roman chaud et plein d'amour !

Elle apprécie tous vos retours, alors n'hésitez pas à la contacter aux adresses ci-dessous.

E-mail : carlan.audrey@gmail.com
Facebook : facebook.com/AudreyCarlan
Site web : www.audreycarlan.com

RETROUVEZ MIA
TOUT AU LONG DE L'ANNÉE !

Calendar Girl janvier paru le 5-1-2017
Calendar Girl février paru le 2-2-2017
Calendar Girl mars paru le le 2-3-2017
Calendar Girl avril paru le 6-4-2017
Calendar Girl mai à paraître le 4-5-2017
Calendar Girl juin à paraître le 1-6-2017
Calendar Girl juillet à paraître le 6-7-2017
Calendar Girl août à paraître le 6-7-2017
Calendar Girl septembre à paraître le 7-9-2017
Calendar Girl octobre à paraître le 5-10-2017
Calendar Girl novembre à paraître le 2-11-2017
Calendar Girl décembre à paraître le 7-12-2017